JN037499

ベティ・ニールズ・コレクション

夏の気配

ハーレクイン・マスターピース

東京・ロンドン・トロント・パリ・ニューヨーク・アムステルダム
ハンブルク・ストックホルム・ミラノ・シドニー・マドリッド・ワルシャワ
ブダペスト・リオデジャネイロ・ルクセンブルク・フリブール・ムンバイ

A SUMMER IDYLL

by Betty Neels

Published by Harlequin Japan,
a Division of K.K. HarperCollins Japan, 2024

ベティ・ニールズ

イギリス南西部デボン州で子供時代と青春時代を過ごした後、看護師と助産師の教育を受けた。戦争中に従軍看護師として働いていたとき、オランダ人男性と知り合って結婚。以後 14 年間、夫の故郷オランダに住み、病院で働いた。イギリスに戻って仕事を退いた後、よいロマンス小説がないと嘆く女性の声を地元の図書館で耳にし、執筆を決意した。1969 年『赤毛のアデレイド』を発表して作家活動に入る。穏やかで静かな、優しい作風が多くのファンを魅了した。2001 年 6 月、惜しまれつつ永眠。

主要登場人物

フィーベ・クレスウェル……見習い看護師。
ベイジル・ニーダム……フィーベが働く病院のインターン。
ケイト・メイスン……フィーベの叔母。
スーザン……ケイト叔母のお手伝い。
ジョージ・プリチャード……ケイト叔母の主治医。
ミセス・サスク……プリチャード家の家政婦。
コリーナ・ヴァン・レンケル……ジョージの昔なじみの娘。
カスパー・ヴァン・リンケ……ジョージのいとこ。

1

　教会のいくつもの鐘が耳ざわりな合唱のように五時を告げてから十分後、フィーベは師長室のドアを軽くノックし、「入りなさい」という声を聞いてから中へ入った。エヴァンズ師長は机に向かっていた。いつもと変わらず不機嫌そうだ。目をあげもせずに師長はきびきびした口調で言った。「なんの用です?」

　フィーベは意気ごんだ調子が声に出るのを抑えた。

「勤務を終わりました、師長。五時になりましたので」

「よろしい、クレスウェル看護師」師長が愛想よく「ご苦労さま」と言うのを聞いてフィーベはあっけにとられたが、ていねいに挨拶《あいさつ》をすると、そそくさと部屋を出て病棟へ戻っていった。

　病室の前を通りかかると、年老いたミセス・ジェームズがベッドに起きあがっていた。「看護師さん、看護師さん、気分が悪いのよ!」

　近くにほかの看護師の姿はない。洗い場か調理場で忙しくしているか、あるいはリネン室でおしゃべりにふけっているのだろう。内科病棟ではいまがほっとひと息つける時刻だった。夕方の投薬の時間でもなければ、夕食の支度をするにもまだ早すぎる。実習医《インターン》が巡回する時間でもないし、師長は自分の部屋に閉じこもったままだ。フィーベはため息をつくと、洗い場へそっと入って洗面器をとり、急ぎ足で病室に戻った。ほんとうについていないわ、とフィーベは胸のうちでひそかに思いながら、タオルを洗面器の中へ入れた。ベイジルに会う前に身支度を整えるのに最低一時間はかかるというのに。ミセス・

ジェームズの気分がよくなって寝つくまでに貴重な時間を費やしてしまった。

小さな灰色の家が立ち並ぶイーストエンドの通りに囲まれたこの病院は古く、増築を重ねていた。看護師寮の自室に戻ったときにはフィーベはすっかり息を切らしていたが、制服を脱ぎ捨てると急いでシャワーを浴び、支度をはじめた。何を着るかはもう充分に考えてあった。

ベイジルの話ではパーティの主催者はいとこの女性、それも現代的な美人ということだった。フィーベは鏡に映る自分の平凡な顔立ちを眺め、そのいとこが美しさを少しでもわけてくれればいいのに、と思った。わたしの顔もこれといって欠点はないけれど、人の目を引くところもない。くすんだグレイの髪はありふれているし、グレイの目は濃いまつげに縁どられてはいるものの、これまでだれからも美しいとは言われたことがなく、フィーベ自身、自信はなかった。化粧をすませ、髪をきちんとまとめてピンで慎重にとめてから、一月のセールで買った新しいスーツを着た。上質なジャージー素材で色はくすんだ緑、春の宵にはうってつけだ。

フィーベはベイジルと外出するのはこれが四度目だった。ベイジルが好意を寄せてくれているらしいことに内心驚いていた。インターンの中でもいちばんの人気者なのだから、わたしなんかよりずっときれいな女の子を相手に選べるでしょうに。ベイジルはハンサムで話題も豊富だ。フィーベは、ベイジルと恋をし、結ばれるのを夢見ることがあった。ベイジルはハーレイストリートの開業医として成功をおさめ、わたしはリージェンシーの家を切り盛りし、彼の裕富な両親をもてなすのだ。夢のまた夢だわ、とフィーベは一日に何度も打ち消すのだった。

倹約して買った飾り気のないパンプスをはき、ベルベットのコートを着ると、病院職員が車をとめておく裏手の駐車場へ向かった。

ベイジルの車があった——旧型のトライアンフで、鮮やかな赤い車体はひどく汚れている。そこにベイジルの姿はなかった。彼はずらりと並んだ車のいちばん奥で、ローヴァーのボンネットに寄りかかり、コリンズ看護師次長と話をしていた。コリンズの父親はなかなかの資産家で、彼女は看護師の給料だけでは望みえない生活をしている。フィーベは声をかけたものか、見なかったふりをしたものか迷ったが、ベイジルのほうで見つけてくれたのでほっとした。なぜ呼んでくれなかったのか、とベイジルは言った。

フィーベは口の中でつぶやいてごまかした。ベイジルといるといつも言葉が出なくなるのだ。ベイジルが車のドアを開け、フィーベは乗りこんだ。すてきな服だね、と言ってくれないかと思ったが、ベイジルはほとんど見ようともせず、ただ、うまい料理を食べそこねたくなければ急がなければ、と言っただけだった。

ベイジルのいとこは、かなり遠くのクロイドンの近くに住んでいた。曲がる道を間違えたのと、夕方のラッシュのせいで、ようやく静かな通りに立つ落ち着いた雰囲気の家を見つけ、車をとめるころにはすでにパーティは最高潮に達しており、家ばかりか通りまで大にぎわいだった。古めかしい鉄の門をくぐり、半開きのドアを押し開けたとたん、騒々しい音がふたりを包んだ。

中へ入ったとたん、フィーベは場違いな服装をしてきたことを知った。十人ほどの女性がいたが、その多くが体の線がはっきりわかる黒いドレスを着ていた。ネックラインが大きく開いて、背中はむき出しも同然だ。ドレスを着ていない女性たちはぴっちりしたパンツスーツで金のアクセサリーで飾り立てている。

ふたりを迎えた女性は一方の耳に大きなイヤリン

グをぶらさげ、黒い髪にピンクのメッシュを入れていた。彼女はベイジルに両手をからめて抱きつき、熱っぽくキスしてからフィーベを見た。「ガールフレンドなの？　ベイジル、信じられないわ」

おもしろがっているような女性の視線を受けて、フィーベはさっと頬を赤らめた。

ベイジルがどことなく嘲《あざけ》るような微笑を浮かべてフィーベを見た。「無理もないだろうな」そう言いながら、ベイジルはフィーベの手を強く握った。冷笑はあっという間に消え去ったので、フィーベは自分の思いすごしかもしれないと思った。

その女性はにやりと笑った。「デアドレよ」

「はじめまして、フィーベです」フィーベがきちんと挨拶を返すと、デアドレはじれたように言った。

「入ってみんなに会ってちょうだい」飲み物のトレイを持ってそばを通りかかった男性をデアドレは呼びとめた。「まず飲み物をどうぞ」

その飲み物は甘味をつけたガソリンのような味がした。フィーベはおとなしく口をつけながら、ベイジルのそばにくっついていた。ここには知人がひとりもいないのだ。ベイジルは次々に名前を教えてくれるものの、あまりに数が多すぎて覚えきれるものではない。そのうち気がつくと、フィーベは壁を背に立っており、ベイジルは奥の方でみんなにとり囲まれ、頭をのけぞらせて笑い興じていた。フィーベはライラックを生けた大きな花瓶の後ろにグラスを隠し、楽しんでいるように見せようと努めた。しかし、だれひとりフィーベにかまう者はいなかった。

何時間もたったかと思われるころ、ベイジルがグラスを手にやっと戻ってきた。「そこにいたのか」彼はぞんざいな口調で言った。「楽しんでるかい？こんなに愉快な気分は久しぶりだよ」ベイジルは顔をしかめた。「なんだ、ぬれた毛布みたいじゃないか。きみには向いてないのかな、ここは」

フィーベはベイジルを喜ばせようとした。「とても楽しいわ。ここで、ちょっと休んでるだけよ」

ベイジルはフィーベの頬に軽くキスした。「それならいいがね。向こうの部屋にはごちそうがいっぱいあるけど、どうやらきみは満腹らしいね」

ベイジルはすべるように離れていった。フィーベはおなかがすいていた。空腹に耐えかねて人波をかきわけて進み、皿を手に、ソーセージロールやスモークサーモンをのせた黒パン、セロリのスティックなどをとった。食事と言えるしろものではないが、とにかくしばらくはもつだろう。隅に椅子を見つけて座ると、驚いたことに、自分と似たような客が近づいてきた。ほっそりした青白い顔の男性で、上等のグレイのスーツを着こんでいて、その姿は水中から釣りあげられた魚を連想させる。

「おひとりですか?」その男性はたずねた。

「いいえ、でもいまは……いっしょに来た男性《ひと》は友だちが多くて、みんなと話をしたいらしいので」

彼はまじまじとフィーベを見つめて言った。「あなたのいるような場所ではありませんね。ぼくも居心地が悪いんです。金はあるが、することのない怠け者たちが多すぎる。お見受けしたところ、自活されているようですね?」

お世辞とは言えないが、腹を立てずにすむ相手と会話を交わすのは楽しい。「ええ、看護師になる訓練を受けているんです」

「ほほう。どなたといらっしゃったんです?」

「ベイジル・ニーダムといって、セント・コラムの病院のインターンなんです」

「ほほう」彼はまた言った。そして、かすかに哀れむような視線をフィーベに向けた。「あの男、どんなものでしょうかな」

フィーベはその言葉を誤解し、熱っぽく言った。

「とても頭がいいんです。いずれ有名な医師になると思いますわ」フィーベは目を輝かせた。だが、その男性はどことなく不愉快そうだ。

「あなたはまだお若いんでしょう？」彼は言った。

「二十二です」フィーベはあたりを見回した。「みなさんお帰りかしら？　ベイジルを捜さなくちゃ」

「ああ、みんな踊りに出かけるんです」

「とにかくベイジルを見つけないと……セント・コラムへ帰らなければなりませんの」フィーベは礼儀正しくつけ足した。「お目にかかれてよかったですわ。あなたも踊りに行かれるんですか？」

彼は立ちあがった。「とんでもない。ぼくはここに住んでいるんですよ」彼があっけにとられるフィーベを残して去っていくと、ベイジルがやってきた。

「ここだったのか。みんなで踊りに行く……」

フィーベは聞いていなかった。「あの方はどなた？　ここに住んでるっておっしゃっていたけど」

「ばかだな、デアドレのご亭主にきまってるじゃないか。コートを着るんだ。車の中は少し窮屈になるけど、かまわないだろう」

「セント・コラムへ戻るの？」

ベイジルはいら立たしげに彼女を見た。「まさか！　さあ、急ぐんだ」

ふだんは気性の穏やかなフィーベが、動こうともせず、きっぱりと言った。「行かないわ」

「ばかを言うなよ！　ひとりじゃ帰れないだろう」

そのとおりだった。財布には小銭しか入っていなかった。セント・コラムまで足りそうにない。途中、バスを使うとしてもずいぶん歩かねばならない。そう考えると気持がくじけた。

「タクシー代を貸してくれない？」おずおずと言ってみた。

「だめだ。金がいるんだよ、こっちだって。バスに乗るんだね」ベイジルは一瞬、頼りなげな表情になった。「考え直さないか？」

フィーベは首を振った。ベイジルはくるりと背を向けると、振り返りもせずに立ち去った。フィーベは少し間を置いてホールへ行った。もうだれもいない。コートに手を通し、ドアへ向かった。そこへ、さっきまで話し相手になってくれていた例の男性が現れた。

「みなさんお帰りかな?」

「ええ、わたしも……すてきなパーティでしたわ」

「踊りには行かないんですか?」

「え、ええ。バスに間に合わないといけないし……」

彼はフィーベのそばへ来た。「病院まで車でお送りしましょう」そして小さく何かつぶやいた。ぼくにできるのはせいぜいその程度だ、と聞こえたような気がしたが、はっきりとはしなかった。

フィーベはていねいに言った。「ご親切にありがとうございます。でも、ご迷惑をおかけしてしまうので」

彼はフィーベの腕をとり、ドアを閉めて道路にとめてあるメルセデスへ案内した。これ以上遠慮してもむだだと悟ってフィーベは乗りこんだ。彼は病院に着くまでひと言もしゃべらなかった。フィーベが礼を言うと、そっけなく答えた。

「いいんですよ。どうせ妻を捜しに行くんですから」

これにはなんと言ってよいかわからず、フィーベは「おやすみなさい」とつぶやいた。

彼はフィーベに体を近づけ、ぎくりとするようなことを言った。「あの男のことはあきらめなさい……あなたにふさわしい男ではない」

フィーベがなんとも答えられないうちに、車は走り去った。

あの男性の言葉が正しかったようだ。次の日、フィーベはベイジルに会わなかった。いや、それから数日、まったく見かけなかった。何日かたってやっと会ったとき、ベイジルはそっけなくうなずいてみせただけで、フィーベが自分でもびっくりするくらい強い調子で呼びとめなければ、そのまま通りすぎていったに違いない。

「心配しなかったの？　わたしをひとりで帰しても平気だったの？」

ベイジルはかすかに顔を赤らめた。「どうして心配するんだ？　きみみたいにお利口な女の子に目をつけるやつなんていないさ」

その言葉のかすかなとげがフィーベの胸を刺した。

「どういうこと？」

答えはわかっていた。だがフィーベは、ベイジルに恋していると思っていたから、どんなに巧みな言葉を用いられたところで自分が傷つくのは避けられそうになかった。

ベイジルはおかまいなしに言った。「おいおい、きみだって自分を美人だとうぬぼれるほどのおばかさんじゃないだろう？」

「それならどうしてデートに誘ったの？」

ベイジルは笑った。「何事も経験さ。まあ、報われることはなかったけどね」

フィーベは何も言わず、爪先立ってベイジルの頬を激しく打った。自分でも驚くほどだった。病棟へ戻るとフィーベの帰りが遅いので師長が怒っていた。フィーベは小さくなって叱責《しっせき》を受け、ようやく解放されると、山ほどある仕事にかかった。

看護師のひとりが病欠なので、ふだん以上にしなければならないことがある。フィーベはあちらこちらと動き回り、腹を立てたり不安になったりしながらも患者の要求に応《こた》えた。忙しくしている間はベイジルのことを考えずにすむ。だが勤務が明けると、破れた夢に心が舞い戻るのはどうしようもなかった。

夢見た自分がばかだった、とフィーベは正直に認めた。ベイジルは、クリームたっぷりのケーキの合間にバターつきパンをひと切れつまむくらいのつもりでいたんだわ。

フィーベは鏡台の前に座り、帽子をとるとじっと顔を眺め、ピンをとって髪をあちこちいじってみた。悪くはないけど……心を引かない。やがて部屋着に着替え、友だちの部屋を訪ねてお茶を飲みながらとりとめもない雑談にふけった。その間に、ここを出ていく決心が固まった。よその病院へ移ろう。わたしは看護師として特に優秀ではないにせよ、患者には親切に優しくしてあげられるし、やり直しのきかないほどの年でもないわ。ベッドに入るころにはもうはっきりと気持がきまっていた。きっとベイジルから受けた心の傷もいやされるだろう。

疲れ果てていたのでぐっすり眠ってしまった。だが目が覚めても、決意は少しも揺らいでいなかった。楽しいことではないが総師長に話をしなくてはならない。総師長は〝怒りんぼう〟とあだ名されていた。でもこれは不当というものだ。彼女はけっして激しやすい女性ではなかった。ただ表情が硬く、クリスマスと年一度の舞踏会にしか笑わないので、近寄りがたく思われているのだ。朝食を配り終えるとフィーベは総師長に会うことを願い出るため、師長室のドアをノックした。

しかし話を切り出す必要はなかった。師長はフィーベを見るなり言った。「クレスウェル看護師、すぐに総師長室へお行きなさい。走っていくんです」

フィーベは走らなかった。が、自分は何をしているんだろうと考えながら足早に歩いた。

総師長室の前でフィーベは帽子を直し、ドアをノックした。総師長の顔には同情としか言いようのない感情がのぞいているように思われたが、口調はいつものようにきびきびしていた。

「クレスウェル看護師、叔母さまのミス・ケイト・

メイスンが病気になられて、あなたに来てほしいとおっしゃっています。身寄りはあなたひとりのようですね」それがフィーベの咎《とが》でもあるかのような視線を向けた。「叔母さまはあなたの看護を切望されています。慢性気管支炎のほかに関節炎もわずらっておられ、あなたの介護がなければ健康回復はむずかしいようです。となると、あなたは当分、看護師になるための実習をあきらめねばなりませんね」

フィーベは総師長の冷たい目を見つめた。望んだ形ではないけれど、これは脱出のチャンスだわ。ケイト叔母は口うるさい人で、もう何年も会っていない。それも向こうからフィーベの一家とつき合いを断っていたのだ。いまになってわたしに、当然の義務のように看護させたいと言いだすなんて……。でも、ひとつの脱出口ではある……。

「すぐに行くんでしょうか、ラトクリフ総師長？」

「そうです。叔母さまの主治医はできるだけ早くとおっしゃっていました。出発日までは特別休暇ということにしましょう。もちろんそれまでの給料は出ます。今日、出発してもいいんですよ。ここでの訓練の成果が立派に役立つものと期待しています」

「はい、最善を尽くします」フィーベは恥ずかしそうにつけ加えた。「ここではとても楽しく仕事をさせていただきました」

総師長は上品に首を傾けた。「今後もそうなると信じますよ。では、お行きなさい」

フィーベは病棟に戻り、師長に報告しに行った。フィーベ

ケイト叔母はサフォーク州に住んでいる。フィーベの記憶は定かではないが、大きな町ではなかったようだ。

師長は話を聞くとびっくりした。「ほかに身寄りがないとなれば仕方ないわね」わざとらしく残念がってみせる。

ケイト叔母はその気になれば看護人のひとりやふ

たり雇えるだけの余裕はあるのだが、フィーベはそのことは黙っていた。

「わかったわ、お行きなさい」師長はため息をついた。「優秀な看護師になれるところだったのにね」

フィーベは同僚たちに別れを告げ、患者に事情を説明し、部屋へ戻って荷造りをはじめた。途中、友人がふたり服を着替えに来て、フィーベの話を聞くと持ち場へ戻るのも忘れ、ぜひ手紙を書いてほしいと言った。

「ベイジルはどうなるの?」とひとりがたずねた。

「知らせる時間がないわ」フィーベは力をこめて荷物をスーツケースに押しこんだ。「そのうちいつか会うこともあるでしょう」

友人ふたりは目くばせした。「がんばってね、フィーベ、あなたがいないと寂しくなるわ」

わたしだって――味気ないエセックスの風景を車窓から眺めながらフィーベは考えた。でもきっと新しい友だちができるわ。列車の旅は長く、ストウマーケットに着くころにはおなかがすいてきた。近くのカフェで食事をすませ、ウールピット行きのバスに乗った。八キロの道中、フィーベはがらがらの車中から春の兆しを楽しんで眺めた。ロンドンの公園もすてきだが、青空の下、生け垣に咲く桜草にはかなわない。バスは細い道に折れ、がたがたと走って村へ入り、共有緑地の前でとまった。緑地の向こうにケイト叔母の家が立っている。上下窓とチューダー様式の高い煙突が自慢の古い家だ。フィーベは荷物をさげて緑地を突っ切り、ポーチに立ってノッカーを鳴らした。主治医には総師長から連絡が届いているはずだが、こんなに早く来るとは思っていないかもしれない。

ドアがゆっくりと開き、十六歳くらいの少女がうかがうように顔を出した。

「こんにちは。ミス・メイスンのお世話に来たの。

入ってもいいかしら？」

少女はにっこり笑ってドアを大きく開けた。「よかったわ、どうぞ。これでわたしは帰れますね」

「毎日来てるの？」フィーベはたずねた。「お名前を教えてくれる？」

「スーザンです。朝、掃除に来てるの。前の看護師さんは面倒見きれないって来なくなったわ」

どんな人物か知らないが主治医はわたしを天からの授かりものだと思ったことだろう。ほっと安心するさまが目に見えるようだ。わたしは姪《めい》なのだから逃げ出せはしない。

「じゃ、わたしの部屋に案内して。それから家の中を見せてちょうだい。叔母さんは寝てるの？」

スーザンはうなずいた。「たいていお茶の時間までおやすみになるんです」そして気遣わしげにつけ足す。「わたしたちもその間はひと息つけるのよ」

フィーベは、家の中を見てお茶を一杯飲めるくらいの時間がありますようにと祈りながら、スーザンのあとについて廊下を歩いた。

台所は廊下の奥の右手にあった。広いが旧式で、ガスレンジが唯一現代的な調理具だ。ケイト叔母は村の娘を安く雇えるのに、電化製品などにむだな金を費やす人ではないのだ。しかし古くさいとはいえ、清潔で心地よい台所だった。スーザンが指さしていちいち教えてくれる。食料貯蔵室《ラーダー》、流し、あれこれの引き出しや食器棚。ふたりは足音を忍ばせて台所を出ると、居間や食堂の前を通って、裏口のドア脇《わき》の階段を上った。踊り場は広々としており、屋根裏への階段と、四つのドアに通じていた。ドアのひとつは閉まっていて、中からいびきが聞こえる。ふたりは家の表側に面した部屋のひとつに入った。家具らしいものはほとんどなく、カーテンとベッドカバーは気がめいるようなくすんだ緑だったが、表の通りが見えるのと、さしこむ陽光が救いになっている。

花を飾り、わたしの荷を解けば一変するわ。フィーベはスーザンにうなずいてみせ、コートを脱いでベッドに置き、ふたりでまた一階へおりた。

「明日は?」

スーザンはうなずいた。「八時すぎに来ます。それから十二時までね」彼女はコートに手を通した。「ラーダーに夕食の材料が入ってます。卵とか」

フィーベはスーザンを送り出した。まずお茶、それから何か食べよう。ケイト叔母が目を覚ませば、きっと忙しくなるだろう。

お茶とビスケットでひと息つくと、充分とは言えないが、ずっと気分がよくなった。片づけをすませてラーダーをのぞいてみた。卵、やっとひとり分の魚、容器に入ったパン、バター、チーズ。戸棚には小麦、からす麦、米、砂糖がたっぷりあった。時間があれば病人食がつくれる。もう四時をすぎていたので、フィーベは叔母の様子をのぞくことにした。

機先を制するように、ベルがけたたましく鳴った。フィーベは階段をあがり、ドアをノックして中へ入った。

ケイト叔母はベッドに体を起こし、ショールを肩にかけて、見るからに不機嫌そうだ。「来たのね」咳《せき》をしながら言った。「それも、ようやく……。病気のとき自分の身内に世話も頼めないなんて、世の中どうなってるのかしら!」

「病院で叔母さんのことを聞いてすぐ飛んできたんです。ご病気、いかがなんですの?」

「くだらないことを。言っておくけど、あたしから一ペニーでもかすめとろうなんて考えないことね」

叔母はあわてて言葉を継いだ。「あたしがお金を持ってるってわけじゃないわよ。だれも面倒を見てくれないんだから」

「看護師さんは?」フィーベはきいてみた。

「あのばか女かい、頭には食べることしかないんだから」怒りっぽい目を半ば閉じてフィーベを見た。「おまえはたくさん食べるほうなの？」

「ええ」フィーベはあっさりと答えた。「お茶を召しあがりますか？」

ケイト叔母は咳をした。「ああ、薄切りパンにバターを塗ったのといっしょにね。おまえに話しておきたいことがあるのよ」

この年老いた叔母を哀れむのはむずかしいわ、と考えながらフィーベは台所へ戻った。叔母には紙のように薄く切ったバターつきパン、自分にはジャムサンドウィッチをつくって寝室へ戻り、ベッドテーブルに置いてからまた階下《した》へおりてお茶の支度をした。ちょうど準備ができたとき、ベルが鳴った。

「おまえはここにいてくれるんでしょうね」なんの前置きもなく切り出した。「あたしの姪なんだから当然よね」

「でも、看護師の見習い中だったんです」

「あたしが死んだらまた勉強すればいいじゃないの。プリチャード先生はまだまだ生きられるって言うけど、あたしにはわかってるのよ」

「ベネット先生はどうなさったの？」フィーベは山羊《やぎ》ひげの小柄な医師がときどき叔母の家にお茶に立ち寄っていたのを、なんとなく覚えていた。

「引退しちゃったのよ。だから、生意気な若い先生で我慢してるの」ケイト叔母はテーブルを押しやった。「おまえがお食べ。夕食には魚をもらうよ、クリーム煮で。デザートはカスタードをね」

フィーベはテーブルを片づけ、きっぱりと、しかし優しく言った。「明日、お金をいただけます？食料を買わないと何もありませんわ」

「あたしはそんなに食べないよ」

「そうでしょうね。でもわたしは食べるんです。それからお給料もいただかなくては」

叔母は目をまん丸くした。「実の姪に給料を？」

「ええ、つき添い看護師は高くつくんですよ」

ケイト叔母はぶつぶつ言った。どうやら少しはくれるようだ。フィーベはいちおう満足した。これはいわば独立宣言だ。話すべきことは話しておかねば。

お茶を片づけてから叔母の顔や手をふいてベッドを直し、おしゃべりの相手をした。主治医は朝の診察後に立ち寄るという。この医師はある日の午後、予告なしに訪ねてきたところ、ケイト叔母がベッドを出て階下へ食事をしに這《は》いおりようとしているのを見つけ、看護師をつけるよう指示したのだ。

「保健師ではだめなのかしら?」フィーベがきいた。

「ごめんだね」叔母の返事にフィーベはため息をついた。叔母は人の好き嫌いが激しいのだ。「プリチャード先生のよこした看護師ときたら鏡ばっかりのぞいて、しょっちゅう休暇をほしがるんだから」叔母は鼻を鳴らした。

フィーベはなんとも答えず、ただ夕食は何時がいいかとだけたずねた。

「七時半。遅れちゃだめよ。魚はクリーム煮でね」

フィーベは本やハンカチ、ベルを叔母の手の届くところへ置いて台所へ戻った。魚はあまりおいしそうではなかったが、クリームポテトを添えればなんとかなるだろう。

カスタードをつくりかけたとき、玄関ドアが開いた。近所の人だろうか。見に行かねばならないが、そうするとカスタードがだめになってしまう。

答えはひとりでに出た。台所のドアがばたんと開き、大柄な男性が入ってきた。長身で肩幅も広い。金髪を短く刈り、態度や動作はきびきびしている。

「来たんだね」彼は満足げに言った。「確かめに来たんだ。保健師だったら、またひと悶着《もんちゃく》起こるからね。名前は?」

「フィーベ・クレスウェル」フィーベは顔をしかめた。「あなたは?」

「ジョージ・プリチャード」彼は手を差し出して微笑した。その人なつこい笑顔を見てフィーべはほっとした。「叔母さんはさぞ喜んだろうね」

「そう思います」

「知ってのとおり病人だから」彼は台所を見回した。「これは病人の食事だね。で、きみの分は？」

その気遣いがうれしかった。「何もなくて。チーズでもいただくつもりですけど」そう言えば今日一日、ろくな食事をとっていない。

「ぼくの家は緑地の向こうだ。あとで人をよこすから、うちで食事をしなさい。病人のことで話もあるから」ちらりと腕時計を見た。「八時でいいね？」

この男性が〝生意気な若い先生〟なら気に入ったわ。フィーべはうなずき、彼を送り出すと料理に戻った。人生はさまざまな出会いに満ちている。

フィーべの心からはベイジルのことなどすっかり消えてしまっていた。

2

ケイト叔母は感謝の色ひとつ見せるでなく夕食を平らげると、九時きっかりにホットミルクを持ってくるようにと命令し、恩着せがましく、フィーべに階下《した》で食事をとりなさいと言った。そして枕《まくら》をふくらませたり新聞や眼鏡をそろえたりさせてから叔母はつけ加えた。「料理はまずまずね。ミルクを忘れないでよ。あと片づけがすんだら荷ほどきをするといいわ」

「はい、叔母さん」フィーべはおとなしく答えたが、心はもう夕食に飛んでいた。

片づけがすみかけたころ、鍵《かぎ》をかけていなかった玄関から、やせた中年の婦人が入ってきた。厚手のスカートにグレイのカーディガン、白髪まじりの髪は短く、青白い顔をしている。けれど、ミセス・サスクの顔は笑うとぱっと輝き、その目はフィーベが見たこともないほど青く澄んでいた。

「食事ができましたよ、ミス……」ミセス・サスクは言った。

「フィーベと呼んでください。でも片づけをしないと……」

「そのままにしておいてください。先生が、すぐいらっしゃるようにとおっしゃっていましたから」ミセス・サスクは流しの前に立って洗い桶にケトルの湯を注いだ。「上着を着ていらっしゃい、外は冷えるから」

フィーベはカーディガンをはおると家を出、緑地を越えて医師の家の硬い木のドアをノックした。白れんが造りで屋根はタイルでふいてあり、格子窓にエリザベス王朝風の煙突が似合っている。

「どうぞ」ドアが開いてプリチャード医師が現れた。「蒸し団子入りうさぎのシチューだ。ミセス・サスクのお得意料理だよ」

ホールは四角く、一方には曲線を描く階段があり、そのほかはいくつかの部屋に通じていた。床はほとんどが敷物でおおわれている。大型の黒いラブラドール犬がフィーベを迎え、手のにおいをかぐとうれしそうに吠《ほ》えた。

「ビューティだ。犬は好きかな？」

「ええ、飼ったことはありませんけど。猫も好きです」フィーベは恥ずかしそうに微笑した。

「台所のかごの中にいっぱいいるよ。ヴィーナスがお産をしたばかりでね」

ふたりは天井の低い居間へ入った。大きな暖炉の前に椅子がいくつか引き寄せてあった。

「シェリーは飲めるね」医師は返事を待たずにフィーベにグラスを渡した。「さあ、座って」

飲む間はあまり言葉を交わさず、ここへは何年ぶりかとか、看護師の勉強はどのくらい進んでいたのかとか、あとでまた勉強をはじめるつもりかということをきかれた。

フィーベ自身、まだじっくり考えていないことだったので話は中途半端になった。食事の席ではふたりとも旺盛《おうせい》な食欲を見せた。そのあと食器を流しに運び、ヴィーナスと子猫たちに挨拶《あいさつ》をすませると、コーヒーを持って居間へ戻った。

「実のところ、そう長くはない」医師はケイト叔母の病状を切り出した。「疲労のせいで心臓が弱っている。入院もいやだと言うし、ぼくが紹介した看護師はあっさりお払い箱にされてしまった。きみはどう？　まだ意見を聞いてないけど」

「考える暇もありませんでしたわ」フィーベは暖炉の火に顔を向けた。「もちろん、叔母が帰れと言ってもついているつもりです。きっと何日かすれば追い出そうとするでしょうけど」ちらりと目をやると、医師はじっとフィーベを見つめていた。

「きみの都合は？」フィーベがきょとんとしていると医師はつけ加えて言った。「ボーイフレンドとか、いろいろ都合もあるんじゃないのかな」

フィーベは頬を染めた。「ありません」ベイジルとのこと、ケイト叔母からの呼び出しが解決策になったことなどを話してしまいたいという衝動が突きあげてきた。とはいえ相手は初対面の人なのだ。

フィーベが黙っていると、医師はゆっくりと言葉を続けた。「それなら話は簡単だ。ところで、治療のことだが……」彼はたちまちひとりの医師となった。

治療の話がすむとフィーベは言った。「がんばりますわ、先生。ケイト叔母は毎日、往診していただけるんですか？」

「うん、ちょっと様子を見る程度だけどね」彼は優しくほほ笑みかけた。「何かあったら、どんなささいなことでも報告を忘れずにね」

フィーべはプリチャード医師に送られて緑地を横切り、ミセス・サスクがドアを開けるまで、少しおしゃべりをした。ミセス・サスクと医師が帰るのを見送って、フィーべはドアを閉めた。すぐ近くに知人がいると思うと安心だった。

ケイト叔母はベッドで本を読んでいたが、フィーべの顔を見るなり言った。「ミルクは？　そろそろ時間でしょう、薬ものまなきゃならないのよ」

「すぐにお持ちしますわ。ほかにご用は？」

ケイト叔母はあれこれとほしいものを並べた。

「戸締まりに気をつけるのよ」それから咳《せ》きこんで、あえぐように言った。「いつまでそこに突っ立ってるの！」

落ち着かせるのに一時間近くかかった。ようやく満足がいくと叔母は横になり、もう明かりを消して寝てもいいとフィーべに申し渡した。

「朝は七時にお茶だから、忘れないで」

階下で雑用をすませ、やがてフィーべは自室に戻って荷をほどき、着替えた。自分の身の回りのものが置かれると部屋はずっとましに見えた。明日は花を飾り、もっと華やかなベッドカバーがないか探してみよう。

こっそりのぞくと、眠っているケイト叔母はひどく年老いて見える。フィーべは心から気の毒に思った。足音を忍ばせて浴室へ行き、熱い湯に体を沈めた。長く忙しい一日で、フィーべは疲れ果てていた。浴室を出てベッドにたどり着くと、フィーべはたちまち眠りこんでしまった。

フィーべは早起きに慣れていた。化粧着のまま台所でお茶を用意していると、ベルが鳴った。お茶のトレイを持って急いで二階へあがるとケイト叔母はいらいらしていた。

「まだそんな格好？　怠け者は困るわね……」

フィーベは朝の挨拶をすませると叔母を助け起こし、薬とお茶を手渡した。「すぐ着替えます。朝食の前に叔母さんの体をきれいにしましょうね」

フィーベは抜け目なく返事を待たず、そそくさと自分の部屋へ行ってグレイのウールのドレスに着替え、髪をリボンで後ろに束ねて叔母の部屋へ戻った。

叔母は体をふかれたり新しい寝巻きに着替えさせられたりするのをいやがったが、結局フィーベが説き伏せた。病院での経験から、指示に従おうとしない老婦人たちの扱いは心得ているのだ。冷静、親切、最大級の忍耐――フィーベはこの三つの美徳を身につけていたし、もともと優しい性質でもあった。ケイト叔母はいつの間にか体を洗われ、古くさい化粧着を着せられ、髪をブラシでとかしてピンできちんととめられていた。そして椅子に座らせられ、新しいシーツがベッドに広がるのを呆然《ぼうぜん》と眺めた。フィーベは叔母をベッドに戻した。「ほら、ずっと気持がいいでしょう？　朝食にしましょうね」

ゆで卵、薄切りパン、お茶を手際よくトレイに盛る――ケイト叔母でも文句のつけようがないだろう。フィーベは叔母に朝食を運び、台所へ戻って卵をゆで、パンをトーストし、食卓について食べながら、買い物のリストをつくった。そのうちスーザンがやってきたのでお茶をいれ、彼女に台所を見違えるようにきれいにするつもりだと語って聞かせた。

「でも、まず掃除をしたいんですけど、ミス・メイスンはわたしが部屋に入るのがおいやらしいんです」スーザンは言った。

「じゃ、わたしがするわ。あなたはそれ以外をお願いね。プリチャード先生は午前中の診察が終わらないと来られないのよね？　わたし、叔母の世話がすんだら買い物に出かけるわ」

ケイト叔母は朝食をほとんど平らげていた。

「お昼は何がいいかしら？」フィーベはたずねた。

「もうすぐ買い物に出ますけど、チキンとポテトではいかが？」

「チキンは高いからねえ」

「牛肉よりはずっと安いですわ、叔母さん。骨でスープをとれば夕食に使えますし」フィーベは慎重につけ加えた。「それで、お金がいるんです」

ケイト叔母はシーツの下に手を突っこみ、財布を引っ張り出した。叔母が体を起こしている間にフィーベはベッドを整えた。「あたしは貧乏な年寄りなのよ」叔母は大げさに嘆いてみせる。「この物価高じゃ、いずれ飢え死にね」

「やりくりは得意ですから」フィーベは安心させるように言った。「でも食料貯蔵室《ラーダー》には何もないも同然なんです。叔母さんには滋養のあるものが必要です。牛乳屋さんから聞いたんですけど、五百ミリリットルを二日で飲んでるんですね。毎日五百ミリリットル配達してくれるよう頼んでおきましたわ。台所にはお米と小麦粉がたくさんありますから、こっちは当分買わずにすみますね」

「あるものは使いきるの」叔母はきつい口調で言った。「むだ遣いはだめよ！」

フィーベは雑巾《ぞうきん》で部屋をふいた。暖炉などはほこりが積もって名前が書けるほどだった。前の看護師が無頓着《むとんちゃく》だったのか、叔母が掃除を拒否したかだ。電気掃除機があれば床もきれいになるのだが、そんなものはありそうになかった。不平を言う叔母の声を無視して、フィーベはテーブルをふき、散らかった新聞をまとめ、今日の朝刊を渡した。十一時のお茶の時間までには戻りますと言い置いて、上着をとり、外へ出た。九時を回ったばかりで、通りはひっそりとしていたが、医師の家の前には車が何台かとまっていた。商店街まではすぐだった。肉屋、雑貨屋、郵便局、古道具屋。フィーベは店のショーウインドーをいちいちのぞいて歩き、やがて食料品店のドアを押した。店内にはだれもいなかったが、ドアのベルを聞きつけて、カウンターの奥から小柄な太った女性が顔をのぞかせた。

「ミス・メイスンの姪《めい》ごさんね」彼女は満足げに言った。「スーザンから聞いたんですよ」

フィーベはカウンター越しに手を差し出した。

「フィーベ・クレスウェルです」

「ミセス・プラットです。今日は買い出しでしょう？　あの家には食料は少ないはずです。前の看護師を責めるわけじゃないですけどね」ミセス・プラットはフィーベの愛敬のある、しかしとびきりの美人とは言えない顔をしげしげと眺めてから、やおらうなずいてみせた。「で、何を差しあげましょう？」

フィーベはリストに目をやった。なるべく切りつめておいたのだ。ケイト叔母はあまり気前がよさそうではない。幸いなことにミセス・プラットはフィーベに同情的だった。最後にフィーベは自分のお金で切手を何枚か買ってから、隣の肉屋へ行った。チキンとラムチョップなどを買うと、店主は愛想よくまたどうぞと声をかけてくれた。村の人は親切だわ、とフィーベは安心した。朝の空は青く晴れ渡り、人生は歓《よろこ》びに満ちている。一瞬、ベイジルを思い出したがすぐに頭から追い払った。思い出すだけの値打ちもない男なのだ。フィーベは家に戻ったが、プリチャード医師がそれを見ているのには気づかなかった。フィーベが中へ入ってしまうと、彼は次の患者に親切そのものといった顔を向けた。

フィーベは買ってきた品物を片づけると、いくら遣ったかをきちんと書き出し、叔母のエッグノッグといっしょに二階へ運んだ。叔母は、何もかも高くなってと恨みがましくぶつぶつ言った。フィーベはおとなしく聞いてから釣り銭を返し、スーザンから野菜はどこで売っているのか教えてもらうと言って、叔母が何も言えないでいるうちに、さっと部屋を出た。

スーザンはいろいろと教えてくれた。父親が菜園を持っているので、たいていのものなら持ってきてくれるという。そこでフィーベは値段を交渉しながらリストをつくり、二階へあがってお金をくれるよう頼んだ。

「お店で買うよりずっと安いんです。必要な分だけ持ってきてくれるということですから、むだもありません」これが効いたらしく、叔母はお金を出した。

スーザンは台所をすっかりきれいにしていた。フィーベはいっしょにコーヒーを飲み、スーザンが帰ると昼食の支度をはじめた。ポテトをむいているところへ、「やあ」と声をかけながらプリチャード医師が入ってきた。「よく眠れたかい？」彼は素早くフィーベに目を走らせた。

「わたしですか？　ええ。叔母もよく寝てましたわ。脈がかなり速くて、熱も少し出ました。二階に記録した紙がありますわ。朝食はほとんど食べて、薬をのみました」

「それじゃ、様子を見てみようか」

プリチャード医師はフィーベが手を洗うのを待って、いっしょに二階へあがった。

ケイト叔母はまるで用のない人間を迎えるように医師をにらみつけた。気分はずっとよくなっているのだし、来てほしければこちらから呼びにやると言わんばかりだ。

プリチャード医師はうなずいてみせただけだった。

「だいぶ元気になってよかった。ついでに診察しておきましょう」彼はケイト叔母が咳《せき》をしたり、あえいだりしている間、我慢強く待った。やがて聴診器をはずしてベッドの脇《わき》に座ると、静かにたずねた。

「気分はどうです？」

老婦人はとげのある目でプリチャード医師を見た。

「あなたの顔を見たってよくはならないわ。あたしのことを少しもわかってないのよ……脚に力をつける強壮剤と咳どめがあれば充分なのに」

叔母に抗生物質の話をしてもむだなことはフィーベにもわかった。プリチャード医師は強壮剤を使うには早すぎるが、咳どめならあとで届けさせようと言った。

フィーベは戸棚に並んでいる薬瓶を見た。半分以上残っているものがほとんどだ。視線をプリチャード医師に移すと、彼は薬瓶のことを口に出さないようにとはっきり目顔で語っていた。階下へおりて玄関まで送ったとき、医師は切り出した。「叔母さんは忘れっぽいんだ。三十分したら診察室へ来なさい。咳どめをあげよう。叔母さんの心臓は弱っているが、この段階ではたいした手は打てないんだ」

「気をつけて見るようにします。でも、何かあったら来てくださいますよね？　電話がないので……」

「来るとも」医師は大股に緑地を横切っていった。お茶くらい勧めるべきだったかしら。医師の大きな背中が自宅のドアの向こうに吸いこまれていくのを見ながら、フィーベは思った。

日々の生活は規則正しく流れ、フィーベはひねり出した時間を利用しては買い物に出かけるようになった。来客といえば医師が往診に来ることだけだ。プリチャード医師はフィーベに新たな指示を与えると、できるだけ戸外の新鮮な空気に接するよう促した。「買い物の前に散歩をしたらどうかな。スーザンがいるから、何かのときにはぼくに知らせてくれるさ」彼は言い、真剣な目でフィーベを見た。「きみはやせすぎだ」そしてにやっと笑った。「ボーイフレンドが恋しいかい？」

フィーベは赤面した自分に腹を立てた。「いいえ、ここで充分幸せですから」

やがて三月がすぎ、四月になった。セント・コラムの友人たちから手紙が届いたが、フィーベは病院を離れてよかったと思った。過去を忘れ、先のことを気にかけることなく日々をすごすのに満足していた。ケイト叔母はいっそう体が弱り、介護に時間がかかるようになった。食欲も衰えてきたのでフィーベは料理の本と首っ引きでいろいろと工夫してみたが、ほとんど手をつけられないままだった。それでも叔母は相変わらず口やかましかった――おまえはお金を遣いすぎる、ベルを鳴らしてもぐずぐずして、あたしにかまってくれない……。

フィーベは抗弁しなかった。プリチャード医師は日に二度、顔を出すようになった。短時間ではあるが、病人に気をつけてくれていることが感じられ、フィーベの頼りとなっていた。

だが、村へ来て三週間たったころ、叔母の容態が急に悪化しはじめ、やがてフィーベは叔母の寝室の椅子で夜を明かすようになった。

「疲れるだろう？」医師は言った。「でも、がんばるんだよ。看護人が代わると叔母さんは不安になると思うんだ。ぼくなら真夜中でも飛んでくる」

「大丈夫です。でも……何かあったら、すぐに先生をお呼びしていいですね？」

「もちろんだ」

同じ日の午後、医師が現れたとき、叔母はことさら弱々しくなっていた。

「飲めるようならたっぷり飲み物を与えて、快適にしてあげなさい」医師はそう言って帰っていった。

日の暮れとともに家の中はひっそり静まり返った。フィーベは病人の様子を見てからお茶をいれ、早々とベッドに入ることにした。しかし、すっかりやつれたケイト叔母を見ると気の毒になり、結局、叔母のベッドの近くに椅子を引き寄せ、スタンドの薄明かりを避けて、椅子の上で体を丸めた。プリチャード医師が訪ねてくれればいいのにと思ったが、彼が来たのは二時間ほどたってからだった。

プリチャード医師は玄関のドアを開け、そっと声をかけて入ってきた。フィーベは椅子をおりて医師を迎えた。「来ていただけてよかったですわ」とささやきかけた。「あの、なんだか様子が……」

医師はベッドにかがみこんで患者を診た。「起こすことはなさそうだ。きみはベッドで寝なさい、ふらふらじゃないか。ぼくが病人についている」

「叔母はもう……？」言いかけると医師はうなずいた。「わたしの叔母です、わたしがついています」

ふたりが椅子で向かい合っているうちにケイト叔母は安らかに息を引きとった。真夜中をすぎていた。プリチャード医師は立ちあがった。

「ぼくの家へ行ってやすみなさい」

「ありがとうございます。でも平気です。お帰りの前にお茶でもいかがですか？」

「そうだね。その間にぼくは書類を用意しておこう。本当にここにいたいんだね？」

「ええ」フィーベは階下へおり、ケトルを火にかけた。考えねばならないことは山ほどあったが、彼女はあまりにも疲れすぎていた。

ふたりで黙ってお茶を飲むと、フィーベはプリチャード医師を玄関から送り出した。夜気は冷たく、フィーベは寒さのせいばかりでなくぞくっと体を震わせたが、それでも感謝の言葉は充分に述べた。

「ミセス・サスクをすぐよこすから」プリチャード医師はそう言い置いて帰っていった。

口では平気だと言ったものの、やはり人がいてくれると心強く、しっかりした家政婦はこの際おおいに頼もしく思えた。ミセス・サスクはお茶を前に、しばらく黙っていたが、やおら立ちあがると湯たんぽはどこかときいて、いくつかの湯たんぽに湯を入れると、そのひとつをフィーベに押しつけ、ベッドでやすみなさいと言った。「夜が明けるまでは起きちゃいけませんよ。スーザンが来るまでには起こしてあげますからね」

フィーベは小さく「おやすみなさい」と言って二階へあがり、ベッドに入った。ミセス・サスクの足音が二階へ来るのを子供のようにほっとして聞きながら目を閉じた。

目が覚めたときには、ミセス・サスクが紅茶のカップを手にベッドの脇に立っていた。「時間よ、フィーベ。これを飲んだら着替えておりていらっしゃい、朝食を用意しておきましたから。わたしはこれで失礼するけど……大丈夫ね？」

フィーベはベッドに起きあがった。青白い顔に乱れた髪がカーテンのようにかかっている。「いろいろすみません、大丈夫です」彼女はためらいがちに続けた。「でも、何をどうしたらいいのかわからなくて……」

「先生がすぐにいらっしゃるから、おまかせなさいな」ミセス・サスクは慰めるように言った。

朝はまばゆい陽光に満ちていた。プリチャード医師がすべて手配してくれるだろう。フィーベは着替えて朝食をすませ、スーザンを迎えた。スーザンはなぜか何もかも知っていた。「お気の毒に」と優しく、田舎なまりで言った。「でもご本人にとってはよかったかもね。お葬式はいつ？」

フィーベは首を振った。「わからないわ」

そこへ医師がやってきて、台所の食卓についた。「保健師がもうすぐここへ来る。いいかい、ぼくの話をよく聞いてくれ……」必要なことを話し終えると、彼は言った。「叔母さんの弁護士のミスター・コールが葬儀に参列する。きみはしばらくここにいることになるが、ひとりでも平気かな？」

「ええ」フィーベは熱心に耳を傾けているスーザンをちらりと見た。「スーザンとふたりで大掃除でもしますわ」

「この家にひとりで寝られるかい?」

「もちろんです」フィーベは挑むように医師を見た。

プリチャード医師は玄関へ歩きながら言った。

「ミセス・サスクに自転車を借りてひと回りしてくるんだね。十二時をすぎるまで帰ってきてはだめだ」彼はほほ笑んだ。「これは医師としての命令だよ!」

それから二、三日はあっという間に流れた。スーザンは毎日やってきてフィーベを手伝い、壁や床を磨いたり、戸棚の中や引き出しを掃除した。フィーベはベッドに転がりこんで眠るしかなくなるほど体を使った。プリチャード医師はほとんど顔を出さないが、緑地の向こうにいるのは確かだったし、フィーベはそれで安心だった。

葬儀には多数の参列者があり、フィーベはびっくりした。しかし教会から叔母の家までついてきたのはわずかで、その人々もすぐに引きあげていった。

最後のひとりが帰ると、弁護士のミスター・コールは居間に座りこんでブリーフケースを開けた。

「故人の遺書は短いものでして」ミスター・コールは事務的な声で言った。「数カ月前、あなたがまだ叔母さんのもとへ来られないうちに作成したものです」彼は書類を手で伸ばした。「お読みしましょう」

ケイト叔母は少なからぬ財産の全額を慈善事業に寄付すると書いていた。家屋も売却し、叔母のつくったリストに従って各施設に寄付されることになっていた。

「ただひとりの身寄りフィーベ・クレスウェルには何も遺《のこ》さない。フィーベは若く、強く、自活できるからである」ミスター・コールは咳払いをして遺書をていねいに折りたたんだ。「お気の毒です、ミス・クレスウェル。もちろん異議を申し立てることはできます」

フィーベは首を振った。心の片隅では少しくらいお金を遺してくれるかもしれないと思っていたが、現実に叔母にその気がないのなら、争ってまで手に入れたいという考えはなかった。

「看護師の仕事に戻りますわ」フィーベは明るく言った。「何かもらえるなんて思っていません。叔母はわたしを好いていなかったし、わたしたちはよく知り合っていたとは言えなかったんですから」

ミスター・コールはむっつりと言った。「それでもやはりお気の毒です。故人の世話のために実習を中断させられたんですからな」

「でも叔母はわかっていなかったんですわ。それにまたやり直せますから」

「この家をあわてて出られる必要はありません。売却までは時間がかかりますからね。ところで、お金は持っておられますか？」

「一、二週間ならなんとかなりますけど、スーザンにお給料を払うのは無理です」

ミスター・コールは考えこんだ。「売却がすむまで支払いを待つよう彼女に話しましょう。当分ここにおられますね？」

フィーベはそのつもりだと答えた。一、二週間のうちに看護師の職を探そう。ただしロンドンには戻らないわ。セント・コラムもベイジルも見たくない。特にベイジルは。

翌日、安っぽい小さな車がけたたましく家の前にとまった。二階にいたフィーベは窓から顔を出し、やってきたのがだれか知ると呆然とした。

「やあ！　入れてくれないか？」ベイジルは近所じゅうに響き渡る大声で言った。プリチャード医師さえその声を耳にして診察室の窓からのぞくほどだった。医師は次の患者を呼ぶベルを鳴らしかけていた手をとめて成り行きを見守った。

フィーベは階下へおりてドアを開けようとしたが、ふと立ちどまってしまった。隣人たちがのぞき見しているせいだけでなく、彼女自身ベイジルの顔を見たくないのだ。フィーベはドアを開け、ベイジルを通すものかと戸口に立ちはだかった。

「こんにちは、ベイジル」フィーベは落ち着いて言った。

「入れてくれないのかい？」ベイジルは魅力たっぷりの笑顔を見せた。

「そうよ」

ベイジルは肩をすくめた。「はるばる様子を見に来てやったのに。叔母さんはどう？」

「亡くなったわ」

「家、財産をそっくり遺してか。ついてたね！」

「わたしは何ももらわなかったわ」

「ごうつくばりの……」と言いかけて、ベイジルははっと言葉を切った。「運が悪かったね。セント・コラムに戻ってくるんだろう？」

フィーベはベイジルの顔をまじまじと見た。ハンサムだが、何かが欠けている。「いいえ」

「なんだって！ すぐに戻ってこいよ」

「どうしてそんなことを言うの？」

ベイジルはまた肩をすくめた。実習医《インターン》仲間と、フィーベをセント・コラムに戻るよう説得してみせると賭《かけ》をしたなどと言えるはずがない。「ねえ、本当に入れてくれないのかい？」

「ええ、忙しいの。さようなら」フィーベはドアをぴしゃりと閉めた。

ベイジルはぼやきながら車で走り去った。プリチャード医師は穏やかな表情でベルを鳴らし患者を呼んだ。午前の診察がすむと、医師は緑地を横切ってドアをノックした。

「フィーベはまた二階の窓から顔を出した。「先生でしたの、すぐ行きます。スーザンはいま帰りましたから、階下にだれもいないんです」

フィーベは薄汚れた格好をしていた。医師は鋭い目でフィーベを見て、台所へ入っていった。「今朝は忙しかったかい？」

「ええ、何かと仕事があって。この家を売るのなら、きれいにしておくほうがいいと思ったんです」

「寂しくないかい？」

「スーザンが来てくれますから」

「叔母さんは家を遺してくれなかったんだね」医師はさりげない口調で言った。

フィーベはそのことをまだだれにも話していなかった。「はい、叔母はすべて慈善事業に寄付したんです。ミスター・コールが家が売れるまでいていいとおっしゃったので、その間に仕事を見つけます」

「また看護師の勉強を？」

「はい」フィーベはきっぱりと言った。そして食卓に並べてあった食器をまとめてきちんと積みあげた。

「何もかもやり直すんだね？」

「そうしなければならないわ。そうでしょう？」

「それがきみの望みならね」医師は玄関へ向かった。「話があるんだが、今晩は野暮用がある。明日の朝、診察の前ではどう？　八時ごろ……いや、七時半に朝食でもいっしょにどうだろう？」

フィーベはためらった。「ええ、でも……ちょっと変な時間じゃありません？」

「朝の七時半に食事をしたって、ロマンスの花が咲くとは村じゅうだれも考えないだろう？」

フィーベは頬を染めた。「ええ、それは……わかりました、うかがいます。どんなお話ですの？」

医師は突然、真剣な面持ちになった。「きみの将来についてだよ、フィーベ」

フィーベは戸棚の片づけをまたはじめながら、プリチャード先生はどうしてわたしのことを気遣ってくれるのだろうかと考えた。叔母が気に入っていた枕カバーやシーツを整理し終えると、グレイのドレスに着替え、顔と髪を整えてミセス・プラットの店へ出かけた。

カウンターの隅には週刊誌や新聞が積んであったが、看護関係の『ナーシング・ミラー』や『ナーシング・タイムズ』はなかった。フィーベはソーセージを買ってから通りを渡り、保健師の家へ行った。ウイルキンス保健師はちょうど食事中で、猫に餌《えさ》をやっているところだった。フィーベがノックすると「どうぞ、台所にいますよ」と大声で答え、相手がフィーベだと知ると笑顔になった。「あら、寂しくなったの？」

フィーベは首を振った。「いいえ、家がもうすぐ売りに出るので、することがいっぱいあるんです」

「家をあなたに遺してくれなかったの？　村の人はみんなそうするものと思っていたのに。お金持だったのにねえ」

フィーベは遺産は慈善事業に寄付されたと言った。

「わたしはいいんです、何年もつき合いがなかったんですから」

「だって最期をみとったのはあなたでしょう。これからどうなさるの？」

「それでうかがったんです。『ナーシング・タイムズ』をお持ちじゃありません？　訓練をやり直したいんです」

「でも、もう一年くらい実習をしたんでしょう？　ロンドンの病院へ戻らないの？」

「戻りたくないんです。もう都会はうんざり」

看護師養成所のある最寄りの町まではかなり距離があることを、ウイルキンス保健師は言わないでおいた。「居間に置いてあるからどうぞ。食事をごいっしょに、と言いたいんだけど、すぐに患者さんを見に行かなくちゃならないの。今度のことは本当に不運だったわね」

「いいんです、この村にいてとても楽しかったんですから。いろいろありがとうございました」

看護雑誌に求人広告を出している病院はほとんどなかった。フィーベは数少ない病院の名前をメモしながら昼食をすませた。どうやらひと月ばかりは失業ということになりそうだが、貯金も少しあることだし、しばらくはストウマーケットでアルバイトをすればいい。フィーベは応募の手紙を書いたが、切手がない。ミセス・プラットの店は午後は閉まっているので、フィーベは上着を手にとり、長い散歩に出かけた。戻ってくると家はばかに寒々しく感じられた。お茶を飲みながら、どれくらいお金がもつか計算してみたが、結果はかんばしくなかった。フィーベは居間に移り、陶磁器を磨きはじめた。ふと窓の外を見ると、プリチャード医師が黒いタイを締め、車で出かけるのが目に入った。それを見て、なぜかフィーベの孤独はいやますのだった。

翌朝早く目を覚ますと、すでに陽光がまばゆく窓からさしこんでいた。起き出してグレイのドレスにまた手を通し、いつも以上に念入りに髪をとかす。七時三十分、緑地を横切ってプリチャード医師の家のドアベルを鳴らした。

ミセス・サスクがドアを開け、陽気に朝の挨拶をした。ベーコンエッグができているからと言いながら、彼女はフィーベを食堂へ案内した。「先生は朝から往診があって、いまひげをそってますけど、すぐにおりていらっしゃいますよ」

「まあ、それではまたあらためて……あの、お疲れでしょうから……」

「いえ、おなかがすいているだけですよ」ミセス・サスクの口まねをしながら医師が現れた。「おはよう、フィーベ。コーヒーをいれてくれるかい？」

フィーベはコーヒーをつぎながら医師の様子をうかがった。疲労の気配は感じられなかった。いつものように悠然とかまえている。

ミセス・サスクが料理を運んできても、医師はあまり口をきかなかった。マーマレードを塗ったトーストを平らげ、三杯目のコーヒーに口をつけるころになってようやく医師はたずねた。「将来の予定は立ったかい？」

「ウイルキンス保健師から看護雑誌を借りて、いくつかの病院へ問い合わせの手紙を書きました」

「投函《とうかん》したの？」

変なことをきくものだとフィーベは思った。「まだ……切手がなかったので」

「それなら破り捨てなさい。いい考えがあるんだ」

フィーベはグレイの目を見開いた。「まあ、どんなことですの？」

「ぼくらが結婚するのがいちばんいいと思うんだ」

フィーベは驚いて目が飛び出しそうになった。

「結婚ですって？　わたしたちが？　だってまだよく知り合ってもいないのに……」

「ぼくはきみがいい妻になってくれると信じてるよ。ぼくのことを言うなら、ぼくはここに住み、この村が気に入っている。旅行も好きだ。母はオランダ人で、いまでもオランダによく行っているし、向こうにもグランチェスターにも家を持っている。父は五、六年前に亡くなった。母の家へはときどき顔を出すんだ」

「先生はオランダ人の血を？」ばかげた質問ではあるが、フィーベはほかに何も考えられなかった。

「そう、オランダで開業することもできたんだ」プリチャード医師は微笑した。「イギリスでも向こうでも資格を持っているからね」

「そうですか……」フィーベは困惑して医師を見た。「でもどうして、わたしと結婚しようというお気持に？」

「ぼくは三十二歳だ。そろそろ身を固めてもいいころだろう。これまでは結婚したいと思う女性に出会わなかった。もちろん、きみと結婚するとしたら、よく知り合う期間が必要だ。でも、いまのきみには将来の計画がないし、お金も、身寄りもない……」

フィーベはうなずいた。「そうね。でも、うまくやっていけるかしら？」

「うまくいかないはずはないさ。フィーベ、ぼくは急《せ》かしはしない。しかし、お互いのために、早く結婚して、それから知り合うようにしたらどうかな」

彼は穏やかな笑みを浮かべた。

「考える時間がいりますわ。思いがけないお話なんですもの」

プリチャード医師は腕時計をのぞいて事務的な口調で言った。「それじゃ、もう帰りなさい。診察をはじめなくちゃならない。ひとつだけ……心をきめるまで手紙は投函しないと約束してほしい。二日待つから考えてくれ」

「わかりました、考えます。手紙は投函しません」

「いい娘《こ》だ！」医師はフィーベの肩を軽く叩《たた》いて出ていき、入れ替わりにミセス・サスクが入ってきた。

「朝ごはん、おいしかったわ」フィーベは言った。自分の顔がどんなに興奮しているか、ミセス・サスクがどんなふうに意味ありげに見ているか、フィーベは少しも気がつかなかった。「帰って整理を続けないと」彼女は挨拶をすませ、叔母の家に戻った。

「ミス・メイスンが何もかも慈善事業に寄付するなんて、ひどいわ」出迎えたスーザンが言った。ニュースは早くも村じゅうに広まっているらしい。

「慈善団体では喜んでくれるわ」フィーベの声には力がなかった。「この家はもう売りに出てるのかしら？」しばらくはプリチャード医師の申し出のことは忘れねばならない、することがいくらでもあるんだから。あとで落ち着いたら、どうすればいちばんいいか、じっくり考えることにしよう。信頼できる相談相手がいれば、どんなにか助けになるでしょうに。

3

それから二日間、プリチャード医師とは顔を合わせなかったが、フィーベはかえって落ち着かなかった。一度などは心を抑えかね、緑地を越えて医師の家のドアをがんがん叩《たた》きたい衝動にかられたが、かろうじて二日目の夕刻までこらえることができた。

二日目の夕方、フィーベはたたんでいたカーテンをしまいこむと、大急ぎで医師の家へ行き、ドアベルを鳴らした。

ミセス・サスクが迎え入れて言った。「先生にご用？　バクスター農場へ往診なんですよ、下の子がはしかにかかったんですって。十分ほどで戻られるからお待ちなさいな」

「いえ、あの、たいした用じゃありませんから……いいんです」

「でも先生はきっとあなたのお宅へ押しかけますよ」ミセス・サスクはにっこり笑って居間のドアを開けた。

フィーベは暖炉のそばの小さいほうの椅子に座った。犬のビューティがやってきて体をフィーベの足に押しつけ、暖炉に向かってあくびをした。落ち着いた居心地のいい部屋だ。ここへ来たのは間違いだったとフィーベは考えた。結婚を申しこんでいる当の相手に助言を求める人間がいるだろうか。

千々に乱れたフィーベの心は、医師が帰ってきたことで一時、おさまりをつけた。

「くつろいで見えるよ、フィーベ」プリチャード医師は微笑を浮かべながら、向かい合った大きな安楽椅子に腰かけた。ビューティは主人のそばへ行って頭を靴の上にのせた。「どうかしたのかい？」鋭い目でフィーベを見る。「それとも単なる儀礼訪問？」

「先生に会いたかったんです」フィーベは彼の目が光ったのに気づかなかった。「相談相手がほしかったんですけど、先生しか思いつかなくて」

「公明正大であるよう努めるよ」

「実は……」と言いかけてフィーベはあわててたずねた。「お食事はすまされたんですか？　ほかに何かなさることがおありじゃないんですか？」

「食事までは一時間以上あるが、何か飲もうか」医師はフィーベにシェリー、自分にはウイスキーを用意した。

　フィーベはシェリーを飲み、さらにもうひと口飲んだ。「本当にわたしと結婚なさりたい？」

「ああ、本心から」

「幸せになれると思います？　愛のない、単なる友だちとして？」

　医師は口もとをゆがめた。「ああ、友だちでいるっていうのは大事なことだし、結婚しても、人を好きになったり憎んだりすることはできる」

　フィーベはベイジルのことを考えながらうなずいた。「それじゃ、結婚してから先生がほかの女性と恋に落ちたら？」

「きみならどうだ？　だれかがきみに恋したら？」

「そんなこと、ありそうにないわ。おわかりでしょうけど、わたしは美人じゃありませんもの……」

「ぼくはそうは思わないよ」医師の声は優しさに満ちていた。「ぼくもだれかと恋をする夢はたくさん見てきた……きみもそうだと思うけど」

　それは質問ではなかったのでフィーベは答えなかった。「仕事を探すより楽だから結婚を承知したんだ、なんて考えたりしません？」

　プリチャード医師は急に咳《せ》きこんだ。「そんな……夢にも考えたことはない」

「本当にうまくいくでしょうか？」

「ゆっくり急がなくちゃならないね、深く知り合うために」

「結婚してから、とおっしゃるのね？」

「そう、時間をかければ幸せな夫婦になれると思うよ」

フィーベはプリチャード医師に好感を持っている。二度と会えなくなれば寂しく思うだろう。いっしょにいると安心できる。フィーベはゆっくり言った。

「それなら、結婚をお受けします。ただし、あなたのお手伝いをさせてくださいますか？　一日じゅう家にこもっているのはいやです。ミセス・サスクがいるから……」

「ミセス・サスクには今後も家政婦として働いてもらうよ。でも、主婦はきみだ。ミセス・サスクも喜んで手伝ってくれるさ。それから、よかったら診察の手助けをしてほしい。もちろん、ぼくの友人たちとも仲よくやってくれるね」

「人づき合いは得意じゃないけど」フィーベは自信なさそうに答えた。

「ぼくの友人はいいやつばかりだ」そう言って、プリチャード医師は急に具体的な話に移った。「式に招《よ》びたい親類や友だちがいるかい？」

「身寄りはいないし、セント・コラムにも親しい友だちはいなかったわ」

「じゃ、静かな式になるね。証人ふたりとミセス・サスクだけだ。朝のうちでいいかな？　一週間ほど休みをとるから、オランダへ行って母に会ってもらおう」プリチャード医師は考えこんだ。「叔母さんの家はいつ売りに出るんだったかな？」

「明日です」

「すぐには売れないだろうな。売れたって引っ越してくるまで一、二週間はかかるだろう。式の準備が整うまで叔母さんの家にいなさい。買っておきたいものがあるなら、金曜は半日で終えてケンブリッジまで車で送ってあげよう。お金はあるかい？」

フィーベは胸算用をした。「新しいスーツを買うくらいなら」

「よし。フィーベ、不満はないだろう？」

まるで事務的なやりとりだったが、フィーベは不思議に幸せだった。だれかに必要とされていると思うのは気持のいいことだった。美人ではないけれど、彼はそんなことは気にもとめていないようだ。ジョージのようにハンサムな男性が――フィーベはプリチャード医師のことをジョージと考えるようになっていた――これまで結婚していないのは不思議だった。わたしだって着飾り、髪を整えて化粧をすれば……。

「どうしたんだい？」ジョージが優しく呼びかけた。「ぼんやりしてるけど」

フィーベは笑顔を見せた。「どうしてわたしなんかを選んだのかと考えてたの。ほかに女性はいっぱいいるのに……」

「そう、いっぱいいる。だがぼくはだれにも惹《ひ》かれなかった」

そのとき、ドアをそっとノックしてミセス・サスクが顔を出した。「先生、ミス・クレスウェルもお食事をなさいますか？ ステーキとキドニーパイができますけれど……」

「ああ、もちろん。それから、ミセス・サスク、まっ先に知らせたいんだけど、ぼくとミス・クレスウエルは結婚することになったんだ」

ミセス・サスクは顔を輝かして飛びこんできた。

「まあ！ こんなうれしい話を聞くのは久しぶりですわ！」彼女はふたりと握手をした。「村のみんなも喜ぶわ。式はいつですの？」

「準備ができしだいさ、それも内輪でね。証人ふたりとミセス・サスクとでだよ」

「帽子を新調しなくちゃ」ミセス・サスクはウエデ

ィングマーチを口ずさみながら台所へ戻っていった。

ジョージは愉快そうに笑った。「フィーベ、きみも帽子を新調するかい？」

フィーベは重々しく答えた。「ええ、結婚式ですもの」

ジョージは立った。「食事にしよう」フィーベの手をとり、頬にキスした。「幸せになろうね」

フィーベは幸福と満足を味わった。年を重ねるにつれ、わたしたちは深く知り合って理解し合い、幸せに暮らすだろう。フィーベは医者の妻になり、ウールピットで死ぬまで暮らすことに不満はなかった。もちろん、慣れるには時間がかかるが、ジョージは急がなくていいと言ってくれた。わたしはいい妻になってみせる——フィーベは心に誓った。

食事をしながらフィーベは子供のころの話やベイジルのことなどを話した。「好いていてくれると思ったの。でも向こうはほんの遊びだったのよ」

「本当に思いきれるのかい？」ジョージはさりげなくたずねた。

「この間会って、はっきりと愛想が尽きたわ」フィーベは微笑した。「大事に思っていたものが実は無意味なものだったなんて、おかしいわね」

「その逆に、なんでもないものが急に大事なものになることもある」

食後しばらく話をしていたが、やがてフィーベは立ちあがった。ジョージが引きとめようとしないので フィーベはいささかがっかりした。しかし、玄関でキスされると失望がやわらいだ。あまりキスの経験のないフィーベは有頂天になったが、あとで思い返して、ふと不安になった。ジョージのキスは恋人の激しいものというより、旧友に対するもののように思われる。でもそれであたり前じゃないの。フィーベは着替えながら考えた。わたしたちはただの友だちなんだから。ジョージは一度も愛しているとは言ってくれてないわ」フィーベはちょっぴり悲しげにため息をついて眠りについた。

翌日は寝すごして、朝食をとったのは九時近くだった。不動産屋から郵便が届き、ジェイムズ夫妻が家を見に行くので案内してやってほしいと言ってきた。フィーベは早々に朝食をすませると、またグレイのドレスを着て待った。やがて大きなメルセデスが家の前にとまった。

やせた男性、続いて長身のがっしりした女性が車から降りてきた。フィーベが愛想よく迎えると、その女性は横柄にうなずいて、じれったそうに夫を呼んだ。「早くしなさいよ、アーサー！」

夫婦は家の中をゆっくり見て回った。カーテンがすり切れているとか、壁紙が古くさいとか文句をつけながら、やがて台所に入り、流しを掃除しているスーザンを見た。「あの娘《こ》は？」夫人がたずねた。

「スーザンといって、この村に住んでいて、毎朝、手伝いに来てくれるんです」

ミセス・ジェイムズは鼻を鳴らした。「うちはうちで使用人を雇うわ」そう言いながら棚に指を走らせて、ほこりの有無を確かめる。

やっと夫婦が帰り、フィーベはコーヒーをいれた。

「あの人たちには売りたくないわね。ここに住んでも満足できる人たちじゃないみたい」

「本当ですね」スーザンはそんなことより結婚式について知りたがった。どういうわけか、フィーベとプリチャード医師の婚約を知っており、村じゅう知らぬ者はないと言いきるのだった。「みんな喜んでますよ。それで、何を着るんですか？」

午後からはさらに何組か客がやってきた。みな中年の感じのいい夫婦で、口数も少なく、家を買いたいとも言わずに帰っていった。ようやく解放されたフィーベは散歩に出た。ジョージは朝のうちに車でどこかへ出かけて留守だった。夕食は何にしようかと考えながら帰宅すると、ジョージが戸口に立っていた。

「やあ」ジョージはいつものように愛想よく声をかけた。「診察はもう終わった。きみが待っているんじゃないかと思って来たんだよ」

「わたし、夕食にしようかと……」

「夕食なら毎日ぼくといっしょにしよう。話ができる機会と言えばほかにないからね。でもその前に、ちょっと顔を出さなきゃならないところがあるから、行ってくるよ」彼はフィーベの肩を大きな手でぽんと叩くと、緑地を横切って車に乗りこみ、走り去った。

フィーベは茶色のドレスに着替えた。グレイのと同様、あまり鮮やかな色ではない。あと一日二日もすれば買い物に行ける――そう思うと心がはずんだ。すでに口座をストウマーケットへ移してくれるよう、銀行へ手紙を出してあった。不動産屋が何か言ってこなければ朝のバスに乗って出かけ、貯金を引き出せる。これまで衣類は実用本意に選んできたけれど、今度は……。

ミセス・サスクが迎え入れてくれた。彼女はフィーベを居間へ案内しながら、満足げに言った。「先生とあなたの結婚を知って村じゅうの人が喜んでいるんですよ」ミセス・サスクが台所へ戻ると、フィーベは居間に座り、漂ってくるおいしそうなにおいに、おおいに食欲をそそられた。

ほどなくビューティを従えてジョージが現れた。

「犬はどこへ行ったのかと思ってたわ。ビューティはいつもあなたについて歩くの？」

「そう、たいていはね。家の買い手は現れたかい？」

フィーベは食前酒を飲みながら報告した。

「しかし、一日じゅう、じっと待ってるわけにもいかないな。不動産屋に電話して、客は午前か午後のどっちかによこすよう、言ってあげよう。どっちがいい?」

「午後のほうがいいわ。でも不動産屋さんが不便じゃないかしら」

ジョージは驚いたようだった。「それはそうだが、きみがいないとその都度、店の者をつけてよこさなくちゃならないだろう。そのほうがずっと不便だよ」

フィーベは素直に従った。心配してくれる人がいるのはすばらしいことだ。ふたりはそれから式のことなどを話し合った。ジョージのキスは相変わらず友人にするようなものだったが、フィーベはなぜか心が休まるのに気づいた。彼に会うたびに、きっと幸せになれるという思いが深まっていった。めくるめくようなロマンスではないにせよ、心からの尊敬が互いの間に育っていった。

フィーベは翌日の午前中に昼食の買い物をすませ、家の買い手の訪問を待った。年輩の夫婦がいちばん乗りだった。何も文句をつけないところがフィーベの気に入った。次の夫婦は何にでも不満を言ったあげく、セントラルヒーティングもない、洗濯機用の水道もない、こんな家が売れるはずはないと露骨に悪態をついて帰った。四時をすぎていたのでフィーベはお茶をいれた。そろそろ五時になる。もう客は来ないだろう。

お茶のあと片づけをしているとドアノッカーが重い音を響かせた。フィーベはため息をついて玄関へ出た。革ジャンパーを着こみ、首の回りに無造作に髪をたらした、三十代と思われる男性が立っていた。巨大なモーターバイクがとめてあり、その男性はヘルメットを脱いでいるところだった。

「家を売るそうだけど?」男はにやりと笑った。

「不動産屋さんから聞いたんですか?」

「もちろん。ちょっとのぞきたいんだ」

男はフィーベがなんとも言わないのに脇《わき》をすり抜け、さっさと居間へ入っていった。フィーベは穏やかならぬ気持で、家の広さや家具などについて説明しながら台所へ案内した。男はさして気乗りがしない様子で食器棚などをのぞき、窓越しに庭に目をやってたずねた。「二階は？　浴室はどこ？」

フィーベは二階へあがり、寝室と浴室のドアを開け、男がのぞきこむ間、踊り場で待ったが、小さいほうの寝室のベッドに叔母の銀器を出したままにしてあることを思い出して不安になった。男の様子を見に行くと、ちょうどひとつ取りあげてためつすがめつしているところだった。男は肩越しにフィーベを振り返った。

「たいした値打ちものだ。家はどうってことないが、こいつはすごい」

「もとへ戻して！」フィーベは鋭く言った。「もう帰ってください！」

「警察を呼ぶ前に、か？」男はいやな笑い声をあげた。「電話はないんだろう。こいつはもらっていきたいな。騒ぎ立てると顎をへし折るぜ」

フィーベは膝が震えるのを感じた。自分の寝室に駆けこむとドアをぴしゃりと閉め、窓から顔を突き出して声をかぎりに叫んだ。「ジョージ！」家にいたとしたら声を聞きつけて飛んできてくれるだろう。

寝室のドアがばたんと開いて、にやにやしながら男が立ちはだかった。フィーベはおびえきって、また窓の方に向き直って叫ぼうとしたが、男の手がいち早く伸びて窓を閉めた。フィーベはそのすきに男の向こうずねを思いきり蹴《け》った。男がフィーベを平手で打ち、涙がこみあげてきたが、フィーベはめげずにもうひと蹴り食らわせた。男はフィーベの手を荒々しくつかみ、踊り場の方へ押しやった。「身から出た錆《さび》だ」

フィーベはつまったような声で言った。「人が来ないうちにさっさと出ていって！」ふと見ると男のポケットがぱんぱんに張っている。「とったものは残らず置いていくのよ！」

男は壁にもたれ、何も言わずにフィーベをにらんだ。どうするつもりだろう？　フィーベは完全におびえていた。ジョージには声が届かなかったらしい――いや、留守にしていたのかもしれない。玄関のドアは男を入れたあと閉めたので、自動的にロックされているはずだ。フィーベは大きく息を吸って恐怖を抑えつけた。モーターバイクを見ればだれのだろうって、きっとだれかが不審に思うはずだわ。

「どうしようっていうの？」

男がポケットから抜いた手には飛び出しナイフが光っていた。「見えるか？　おまえは美人じゃないが、十人並みの顔でももっとひどくしようと思えばできるんだぜ……」

気分が悪くなりそうだった。ヴィクトリア時代の女性なら失神するところだが、フィーベは健康そのもので気絶など一度もしたことがなかった。口がからからに乾いて言葉が出ず、男をにらみ返すのがやっとだった。それでもなんとかかすれ声で言った。

「うじ虫みたいな人ね……」

男はばか笑いをした――そのため、ジョージが階段を二段ずつ駆け上ってくるかすかなきしみに気づかなかった。笑い声は力強いパンチを顎に見舞われるやはたとやみ、男の体はずるずると床に崩れ、ケイト叔母の銀器が周りに転がり落ちた。

ジョージは男の体をまたぐと、窓枠にしがみついていたフィーベをしっかり抱き締めた。「かわいそうに……急いで来たんだが、裏に回って台所の窓から入らなきゃならなかったんだ。けがはない？」

フィーベの顔には打たれた跡が赤く残っていた。「ぶったのよ」声が震えている。「でも蹴ってやったわ」彼女は泣きだした。「ああ、ジョージ、来てくれないかと思った……」

「来たよ」ジョージはなだめるように言った。「呼べばいつだって飛んでくるさ」体をかがめてそっとキスした。「きみは勇敢な女性だけど、ここにひとりでいるのはよくないな。ウイルキンス保健師に頼んで、いっしょにいるようにしてもらおう」

ジョージは床に伸びている男をのぞきこんだ。

「警察を呼んで来てもらうとするか」靴で男をつついた。「ぼくが見張ってるから、家までひとっ走りしてくれ」

彼の言葉に促されるまま、それでもドアの前でフィーベは振り返った。「大丈夫？　この男、ナイフを持ってるわ。気をつけてね、ジョージ」

「気をつけるよ」ジョージはベッドの端に腰かけて、かすかにほほ笑んだ。

フィーベは医師の家に駆けつけるとドアをがんがん叩き、ミセス・サスクに手短に事情を説明して警察へ電話をかけた。電話がすむと、そばで見守っている家政婦にたずねた。「先生は大丈夫かしら？」それが本当に気がかりだった。「あの男、また暴れるかもしれない……」

それを聞いてミセス・サスクは愉快そうに笑った。「そうしたら見物したいわ。心配いりませんよ、フィーベ。先生なら大丈夫。さあ、その類の手当てをして、お茶でも召しあがれ。ひどいショックだったでしょうね」

世話をやかれたせいか、フィーベはずいぶん気分がよくなったが、お茶を飲みながらもジョージのことがやはり心配だ。あの男が暴れてジョージを刺したら？　床に血を流して倒れているジョージの姿がちらつき、それ以上耐えられなくなった。カップを置いてドアの方へ歩きかけたとき、警察の車が静かに到着した。

窓からのぞいていると、警官はジョージに案内されて中へ入り、すぐに男を連れて出てきた。車に男を押しこんでから、もうひとりの警官とふたりで医師の家へやってきた。フィーベはあわてて椅子に戻り、平静を装った。

フィーベの事情聴取はすぐに終わった。彼女は質問されたことに落ち着いて答えた。警官が立ち去るとジョージはフィーベに飲み物を渡し、自分もウイスキーをついで向かい合わせに座った。

「気分はよくなった?」優しい思いやりに満ちた声に、フィーベの不安は消えていった。「これ以上あの家には置けないな。夜はウイルキンス保健師の家で寝て、昼間はここへ来なさい。家を見たいという客がいれば、不動産屋の社員がつき添ってくればいいんだ」ジョージは立ちあがってフィーベのそばに来ると、赤くはれた頬に触れた。「かわいそうに、ずいぶん痛むかい?」

フィーベは首を振った。「平気よ、ありがとう。でも、とても怖かったわ」

ジョージは微笑した。「そうだろうとも。この家に置いてあげたいんだが、そうするとぼくの評判に傷がつくからね」

見あげるとジョージはくっくっと笑っていた。なぜかフィーベもひとりでに笑いだしてしまった。

しばらくして、ふたりは叔母の家へ戻り、小さな旅行バッグを探し出した。二階へあがってフィーベは必要なものをまとめてバッグにつめた。

「朝になったらスーザンに会って、当分来なくてもいいと話しておくよ。給料はぼくが払ってあげよう。そのうち家が売れれば、またここで使ってもらえるかもしれない。明日、きみの持ち物を残らず運び出しなさい。ミセス・サスクに手伝ってもらうといい。すんだら家の戸締まりをきちんとするんだよ」

フィーベは一も二もなく同意した。ウイルキンス保健師の家まで歩いているとき、ジョージは言った。

「明日、昼食においで。式の話もあるし、牧師のジョン・マシュウズも紹介しておきたいんだ。午後は休診だから、なんなら買い物につき合うよ」

「すてき……でも、ストウマーケットまで出かけなくちゃ。お金はこっちへ移すことになってるの。ストウマーケットへ先に行ってもいい？」

「時間が惜しい。立て替えてあげるよ。今度休みがとれるのは来週になってしまう。それまでには挙式ということになるだろうからね」あまりにも当然のことのような口調で言うので、フィーベはびっくりしている暇もなかった。これまでまだ式の日どりを話し合ったことはなく、フィーベはしばらく先だろうと思っていたのだ。式が間近いことを知って、フィーベの心ははずんだ。

「本当？」彼女はうれしそうに口に出した。「ジョージ、わたし、ここへ来て以来、ずいぶんあなたにお世話になったし、迷惑もかけたわ。本当にわたしと？」

ジョージはフィーベの手をとって歩いた。「きまってるだろう。それに、ぼくは迷惑をかけられるのが好きなんだ」

ジョージはウイルキンス保健師の家には長居せず、バッグを寝室に運び、ウイルキンス保健師に厚意の礼を述べると、フィーベの頰に軽くキスして帰っていった。「昼食のときに」と帰りぎわに彼は言った。

ベッドにはなかなか入れなかった。ウイルキンス保健師がいったいどうしたのかと知りたがったからだ。こぢんまりした居間でお茶を飲みながら、フィーベは事情を説明した。

「殴り倒したの？　それに縛りあげたなんて……警察が気を悪くしなかったのかしら？」

「どうでしょうか。でも縛らなかったら、あの男は逃げたかもしれないし……」

ウイルキンス保健師はうなずいた。「そうね、またよそでも悪事をはたらくかもしれないし。先生が悲鳴を聞きつけてよかったわ」保健師はまたお茶をついだ。「式にはどんなスタイルで?」

翌日の午後、ジョージが車をケンブリッジにとめたときも、フィーベはまだ考えがきまっていなかった。

午前中、フィーベはミセス・サスクに手伝ってもらいながら荷物をまとめ、そのあとジョージと昼食をとった。まるで何年来の友人のように、ジョージといると心が休まる。しかし心の片隅では、ジョージが一個人としてのわたしにもっと関心を示してくれればいいのにという、あからさまにできない感情がわだかまっていた。ジョージを見ていると、昔なじみの友のように受け入れてくれているものの、少しも燃えている気配が感じられない。

ジョージはフィーベの腕をとった。「まず婚礼衣装かな? しゃれたブティックがいくつかあるよ」

ショーウインドーをのぞきながらぶらぶら歩いていると、小さいがエレガントな店があった。「あれはどう?」ジョージはフィーベとドレスを見比べた。

「ちょっときみには大きいかな」

フィーベはじっくり眺めた。濃い蜂蜜《はちみつ》色のしゃれたウールのクレープで、プリーツスカートとストレートなジャケットにシルクのトップがセットになっている。

「高いわ。ほかにも買うものがあるんですもの」

ジョージは無言でフィーベを促し、店の中へ入った。

試着してみると、まるであつらえたようにフィーベにぴったりだった。おまけによく合うつばの狭い帽子まであった。フィーベはうれしさのあまり値段をたずね忘れたが、ジョージが小切手を切るときになって思い出した。店員が甘ったるい声で答えるのを聞いて、フィーベはさっと青ざめた。これを買うとほとんど無一文になってしまう。まだ買わなければならないものがいくつもあるのに。しかしすでに小切手は店員の手に渡っていた。フィーベはどうしようもなく店を出た。

「ジョージ、この代金を返したら、あと必要なものが買えなくなるわ！」

ジョージは動じる気配もない。「さしあたり必要なものを残らず買うんだね。帰ってから話し合えばいいが、結婚すれば小遣いをあげるから、その中から返済することもできる」

「そう言ってくださるのなら……」安堵《あんど》感が急にこみあげてきた。

「さあ、次は？　手袋、靴、バッグ？」

結局フィーベはイエーガーのスーツ、セーターを数点、ジョージがどうしてもと勧めたかわいいドレス二着、サファイアブルーのジャージーのドレス、スーツやドレスに合わせた靴を何足かと、ピンクのサテンの寝室用スリッパなどを買いこんだ。

思いきり散財したあと、フィーベはふと思いついて言った。「マークス・アンド・スペンサーに行きたいわ」

「下着かい？　それなら、この店だ」ジョージはフィーベをそっとつついた。「ほしいものがきまったら、ぼくが入って金を払うから。なんでも最低三枚ずつ買うんだよ。けちけちするんじゃないぞ！」

店内のしゃれた陳列をひと目見て、けちけちできる店ではないとわかった。これから死ぬまで、ジョージに返済し続けねばならないだろう。フィーベは言われたとおり、三枚ずつそろえた。いくらになるかは、請求されてはじめてわかった。フィーベはドアを開け、ジョージを呼んだ。ジョージは顔色ひとつ変えずに小切手を切り、買った品物を抱えあげた。

「言われたとおり、三枚ずつ買ったわ。こんな高いお店ははじめてよ。もう少しで何も買わずに出てくるところだったわ」

ジョージはフィーベを喫茶店に案内し、バターたっぷりのティーケーキを彼女のために注文してから、フィーベの買い物を調べた。

「レインコートは?」彼は言った。「長靴もだ。ぼくの往診についてくるなら、泥の中を歩くことになるから……」

フィーベはぱっと顔を輝かした。「ついていってもいいの? すてき」

「ついてきたければね。ガウンは?」

フィーベはティーケーキを口に入れた。「まだ古くないから……」とは言ったものの、いまのは実用本位にデザインされており、新しいナイティには確かにふさわしくなかった。

「よし、次はそれだ。店が閉まるまでまだ時間があるからね」

フィーベはバーバリーのレインコート、それに合う帽子とスカーフ、長靴、そしてジョージがどうしてもというのでピンクのシルクのガウンを買った。ウールピットへ戻る途中、フィーベはいったいいくら遣ったか計算してみた。まさしく天文学的とも思える数字が出てきた。

家に戻り、居間に落ち着くが早いか、フィーベはふたたびこの問題を持ち出したが、ジョージはきっぱりと、結婚して小遣いをあげるようになるまで待てと言った。

「ええ、でも何百ポンドにもなるのよ!」

「金を遣うのがこんなに楽しいとは知らなかったよ」ジョージは立ちあがって窓際のテーブルまで行くと引き出しを開けた。「気に入らなければもっと好みに合ったのを探すから、そう言ってくれ。これは祖母のものだったんだが、きみに受けとってほしいんだ」

美しい指輪だった。昔風のローズ形ダイヤモンドとルビーが金の台にセットされている。フィーベは歓《よろこ》びの声をあげ、指にはめた。ぴったりだった。

「すばらしいわ。とても気に入ったわ。大事にします」

ジョージは微笑を浮かべた。「きみの指によく似合うよ。きれいな手をしてるね、フィーベ。そう言われたことあるかい？」

フィーベは考えた。「ないわ。でもあなたにそう言ってもらえるのはうれしいわ。顔がたいしたことないから、その埋め合わせになるかもね」

「だれがそんなくだらないことを言ったんだ？」ジョージは体をかがめ、フィーベを引っ張り起こした。「食事にしようか。そのあとでウイルキンス保健師の家まで送るよ。ぼくはちょっと、やっておかなくちゃならないことがあるんだ」

フィーベはおとなしく納得した。共同生活にはなんの幻想も抱いていなかった。フィーベはジョージの生き方に合わせ、たとえふたりの間に仕事が立ちふさがっても気にかけないよう心がけねばならないのだ。とはいえ彼を愛しているのなら――愛しているとフィーベは思っていたが――気にしないわけにはいかないだろう。たとえて言えば、フィーベは理解ある友人として後部座席に乗りこむつもりだった。要求されれば、そしてそうすることがもっともだと思われれば、控えめにしているつもりだった。がっかりさせたのではないかとのぞきこんでいるジョージの表情はまったく目に入らなかった。

食事の席で式は翌週に挙げることにきめた。木曜日の朝十時だ。「式がすんだら、まっすぐここへ戻ってくるんだ。午後からどうしてもはずせない用があるんだよ、ストウマーケット病院でね。でも休暇を一週間とってある。土曜日にはオランダへ飛んで、母や家族に会ってもらうよ」

フィーベは不安を隠しながらうなずいた。ジョージの母に嫌われないだろうか？　親族に冷たくされないだろうか？　どんな人たちなのかも知らないのだ。みんながジョージのようであれば問題はないけれど……。

　フィーベはウイルキンス保健師の家に帰ることにした。夜はまだ長く、ジョージと話をしていたかったが、それはあきらめ、買い物の包みを開けて保健師に見せてあげようと思った。フィーベは「おやすみなさい」と言って保健師の家のドアを閉めた。

　ジョージは家に戻りながら、肩を震わせて笑っていた。今日の午後は実に楽しかった。これからの人生が喜びにあふれたものであることは間違いない。もちろん、忍耐がおおいに求められるだろう。しかし、こと忍耐にかけては、ジョージ・プリチャードは充分すぎるほど身にそなえているのだ。

4

　フィーベとジョージは教会の前で会う約束になっていた。ミセス・サスクが先に行ってふたりを迎えるはずだ。ストウマーケットの医師でときどき互いの患者を診察し合うアンドリュー・パワーズも着いているだろう。フィーベは身支度を手伝ってくれたウイルキンス保健師とともに教会へ向かいながら新調のドレスが気になって仕方なかった。周りにだれもいないのだから、気遣う必要などないのに。教会の前でジョージが待っていた。今日も診察をすませてきたのだが、服装をふさわしいものにあらためているのがフィーベにはうれしかった。彼の姿に見とれていて、保健師がさっさと中へ入るのにもほとんど気がつかないほどだった。

ジョージはフィーベの手をとった。「どこから見てもきれいな花嫁だ。入ろうか?」

入口のポーチでジョージは花束をフィーベの手に押しつけた。すずらん、早咲きのばら、ヒヤシンスにフリージア。ふたりは内側のドアを開けて入った。

教会の中は人でいっぱいだった。村じゅうの人が集まってるわ、とフィーベは思った。ジョージに手をとられていなかったら、逃げ出すところだ。フィーベはジョージと並んで狭い通路を進んだ。牧師のジョン・マシュウズが待っていた。

牧師の言葉はほとんど耳を素通りした。聞こえるのはややうわずった自分の声と、ジョージの落ち着いた声だけだ。夢見心地のうちに指輪を交換し、証書に署名がすんだ。フィーベは腕をジョージの腕に預け、居並ぶ村人に笑顔を見せながら教会を出た。

ドアのところでフィーベはこっそりたずねた。

「こんなにたくさんの人が集まってくれるなんて、知ってたの、ジョージ?」

「何かあるなとは思ってた。粋《いき》なことをしてくれたものだね」

「そうね。これからどこへ行くの?」

「ジョンとアンドリューと一杯やる。それからふたりだけの昼食だ。ミセス・サスクとウイルキンス保健師がきみの荷物を家へ運ぶ手配をしてくれるよ。きみは今日からぼくの家で暮らすんだ」

教会の庭の小道を歩いていると村人たちが追いかけてきて、ふたりは祝福の渦にのみこまれた。ジョージがパブの主人を見つけ、今日の勘定は全部自分につけてくれと言うと、村人の熱狂に拍車が加わった。

ようやく解放されたふたりを、ミセス・サスク、ウイルキンス保健師、ジョン・マシュウズ牧師とアンドリューが待っていた。一同はシャンパンを抜き、式の一部始終を話し合った。やがてジョージが言った。「ぼくたちはこれで失礼するよ。いつでも呼んでくれ、アンドリュー。診察時間には戻るから」

ふたりは広い敷地に立つすてきな田舎家風の店へ食事に出かけた。ジョージの言うとおり、結婚式には最良の日だった。晴れ渡った青空に太陽が輝き、夏の到来を思わせるぬくもりが感じられた。日のあたる片隅に席をとり、口数少なく眺望を楽しんだ。フィーベはときおり指輪を見て、いまではミセス・プリチャードなのだと気がついたが、心は相変わらずフィーベ・クレスウェルだった。やがてお茶を飲み終えると、車でウールピットへ戻った。

ジョージが患者を診ている間にフィーベは自分を待っていたこぢんまりとした寝室で荷物を解いた。寝室に続いて浴室、その隣がジョージの寝室だった。フィーベは家の裏側にも行ってみた。裏手にはふた部屋あり、一方はとても広々としていて、フィーベの見たこともないような家具が入っていた。ベッドカバーはカーテンと調和しており、敷物はふかふかだ。いつかふたりで使うようになるだろう、とフィーベは考えた。でもまず、もっと深く知り合うことが先決だ。彼女は寝室に戻り、壁につくりつけの衣装戸棚に衣類をつるした。ジョージはいいわ、わたしだけに気を遣えばすむ。でも、わたしのほうは彼の母親や親族に会わなければならない。それも異国の土地で。気が重くなりそうだが、同時に刺激的でもある。フィーベは荷ほどきの手をとめ、丈の長い鏡に自分を映した。馬子にも衣装だわ。なるべく早い機会に上手な美容院で髪を手入れしてもらおう。

フィーベはほどなく居間へおりた。ジョージはまだ診察中だったが、ミセス・サスクが台所からにこにこしながら現れて、何かいらないかとたずねた。

「診察はもうすぐおしまいですわ。先生から、奥さまに不自由をかけないよう言われていますの」

「先生がすむまで待つわ。ミセス・サスク、式はどうでした？」

「とてもすてきでしたわ」ミセス・サスクはくすくす笑った。「奥さまのあの驚いた顔！　でも、とてもおきれいで、お似合いのご夫婦ですよ」そしてドアの前まで行った。「台所へ戻りますね。今夜はごちそうですよ、シャンパンつきのね」

間もなくジョージが入ってきた。「何年もここに住んでるみたいに落ち着いてるね」

フィーベは、本当にほめているのだろうかといぶかった。ジョージの口調では、まるで愛用の椅子か、はき慣れたスリッパでも話題にしているようだった。それでも笑顔を見せ、勧められるままにシャンパンのグラスを受けとった。

ジョージが「ふたりの将来に」と言って乾杯したとき、フィーベは不意に、とんでもない高望みをしたのではないかと怖くなった。

しかし、ジョージはそんな不安には気がつかないようで、式の話をしたり、家の中を見せて回って、インテリアを好きに変えていいと言った。そして、二日もすればオランダへ旅立つということだった。「留守中はアンドリューがうちの患者を診てくれる。いろいろなところへドライブしてたっぷり景色を眺めてこよう」

「お義母《かあ》さまの家に泊まるの？」

「何泊かさせてもらうよ。今朝早く、電話をしておいたんだ。きみに会うのを楽しみにしてるってさ」

ジョージはまたシャンパンをついだ。「車の運転はできるかい？」フィーベは首を横に振った。「そうか、まあいい。こっちへ戻ってきたら、運転を習いに行くんだね。朝の診察がすんだらストウマーケットへ送ってあげよう。一時間くらいなら時間はとれるから。銀行だけだろう、用のあるのは」

「ええ、すぐすむわ。口座をあなたの銀行に開いたほうがいいかしら？」

「そうだな、そうしておけばきみの財政状態を論じ合うのも楽になるね」

ミセス・サスクが夕食の支度ができたと呼びに来た。すばらしいごちそうだった。食卓には花が飾られ、初めてここで食事をしたときにフィーベが感心した銀やガラスの食器が並んでいた。食事はオードブルからはじまり、アスパラガスと豆を添えたチキンのきのこソースへ進み、申し分なくおいしいトライフルで締めくくられた。コーヒーが運ばれると、ジョージはミセス・サスクにもグラスを渡し、三人でシャンパンを飲んだ。ただひとつ残念だったのは、急患でジョージが早々に席を立ったことだ。フィーベはあと片づけを手伝ってから、本を持って居間へ移った。しかし考えることがたくさんあって、読書に集中できない。ストウマーケットで毛糸と編み針を買おう。それに、ミセス・サスクと相談して、家事を分担しよう。

時のたつのを忘れてあれこれ考えていると、ミセス・サスクがもう一杯コーヒーをどうかときき に来た。

フィーベが時計を見ると十時半を回っていた。

「もう少し待ってるわ。あなたは先生が往診で遅くなるときは先にやすむの？」

ミセス・サスクはうなずいた。「何時に帰られるかわかりませんのでね。玄関以外の戸締まりをして先にやすませてもらいます。奥さまは？」

「まだ眠くないわ。もうちょっと待ってからやすみます。明日の朝は？」

「七時に起こしにまいりますわ。朝食は七時半です。でないと先生が診察前に新聞に目を通す余裕がなくなりますから。早すぎますかしら？」

「病院では六時半が起床時刻だったから、大丈夫よ」ふたりはおやすみなさいと言葉をかけ合った。

ミセス・サスクは台所へ戻ったが、ほどなく階段を上る足音がフィーベの耳に届いた。

フィーベはしばらく読書にふけっていたが、はっと気がつくと一時間が経過していた。眠気が襲ってきたので本を閉じ、目をつぶった。ジョージが静かに戻ってきて居間に顔を出したときには、さすがにぱっと目が覚めた。ジョージはすごい表情でフィーベを見た。フィーベは思わず起き直った。

「どうしたんだ、もう真夜中をすぎているんだぞ。ベッドに入ってなきゃだめじゃないか」

フィーベは言い訳がましい口調になった。「ごめんなさい……本を読んでいてうとうとしたみたい」そして機嫌を直してもらおうとつけ足した。「あなたを待ってたわけじゃないの」

続くジョージの冷ややかな声にフィーベは震えあがった。「そうかな？ 亭主の行動をいちいち知らないと気がすまないなんて女房にはなってほしくないね」

ぐさりと突き刺さる言葉に涙がこぼれそうになったが、泣いても仕方がない。「そんな妻にはならないと誓うわ」フィーベは本を置いて立ちあがった。「眠くなったわ、長い一日だったから……おやすみなさい、ジョージ」フィーベは笑顔を見せて二階へあがった。服を脱ぎ捨てるとベッドにもぐりこみ、これという理由もなく大きな声をあげて泣いた。

翌朝、食卓につくとほとんどすぐにジョージが現れた。フィーベは朝の挨拶《あいさつ》をし、ミセス・サスクにも声をかけて、自分でトーストとコーヒーを用意した。

「朝食はそれだけか。明日はもう少し考えて食べてほしいな」ジョージは妻の青白い顔に気づいた。「よく眠ったかい？」

「丸太のようにね」フィーベはトーストにバターをぬった。

「ゆうべのことはあやまるよ、フィーベ。とんでもないことを言ってしまった」

「いいの。きっと、わたしがこの家にいるのを忘れていらしたんでしょう」

ジョージは真剣な口調になった。「とにかくぼくが悪かった。せっかくの結婚式の一日を台なしにしてしまったね」

フィーベはなんと答えたものかと迷った。「今日は何時までに支度すればいいかしら?」

「十二時ごろだな」ジョージは時計を見た。「出かけてくる。診察の前に処理しておくことがあるんだ」そして席を立ち、フィーベのそばを通りながらその肩に手をかけた。「怒ってないね?」

フィーベは笑顔で見あげた。「もちろんよ」

これから先、いくつもの障害があるだろうが、立ち向かう覚悟をしなければならない。好意を寄せ合ってはいてもまだつき合いは浅いのだから。フィーベはコーヒーカップを台所へ運んだ。ミセス・サスクは大黄《ルバーブ》を刻んでいた。そして、流しに立っているのは、なんとスーザンだった。

「まあ、スーザン!」フィーベは叫んだ。「いったいどうしたの? 会えてうれしいわ」

スーザンは微笑した。ミセス・サスクが答えた。

「先生がスーザンに朝だけでも手伝ってもらったらとおっしゃったんですよ。ところで、あちらのお宅で荷造りをお手伝いしましょうか?」

「手があいたらお願いするわ。何かわたしにできることはありません?」

「そうねえ、今朝は花の世話くらいかしら。先生は花がお好きだから。でもよろしければ、いまから叔母さまのお宅にうかがって……」

「わたしはそれでいいわ。二十分くらいですむと思うの」フィーベとミセス・サスクはドアへ歩いた。

「その間に一日の手順を教えてね。それと、わたしは何を受け持てばいいかも」

「喜んでお教えしますわ」

ケイト叔母の家はひんやりとしていて、人の気配がまったく感じられなかった。フィーベは二階へ駆けあがり、残っていた衣類の荷造りをはじめた。ミセス・サスクは忘れ物のないように引き出しや棚を点検した。「ちゃんとしたご夫婦が買ってくださるといいですわね」

ミセス・サスクがスーツケースをさげて、ふたりは家に戻った。

「さて、奥さまがこれをしまう間にコーヒーの支度でもしましょう。先生は診察後のコーヒーが大好きでいらっしゃるし、今日は患者さんも少ないですからね。夜は仕事帰りの男性で忙しくなるんですよ。お昼はいつものとおり一時でいいでしょうか？」

「いいと思うわ。先生の用がすみしだいストウマーケットへ出かけるけど、すぐに帰ってきますから」

衣類の片づけがすむころ、診察が終わったらしく、階下《した》でジョージの声がした。おりてみるとビューティを従えて居間でくつろいでいた。いつものもの静かなジョージだ。フィーベはほっとした。「コーヒーをお持ちしましょうか」フィーベは声をかけた。

「ミセス・サスクが運んでくれるよ。十二時ちょうどに出かけられるかい？　ストウマーケットでは三十分もあれば用は足りると思うけど？」

「ええ、そうね」しかし銀行の用がさっさとすまないと、毛糸や編み針を買う時間はなさそうだ。

予期に反して銀行は十分ほどですんだ。フィーベは足どりも軽く町を歩き、毛糸と編み針、当分は忙しくしていられそうな複雑な型紙を買い求め、大急ぎで車に戻った。

ジョージは落ち着いた態度で運転席にいた。「まだ五分ある」と言いながらドアを開けた。「もういいのかい？」

「ええ、お店の人は一週間は時間つぶしになるって言ってたわ」

車は町を離れ、ウールピットへ向かった。「きみの口座をぼくの……ぼくらの銀行に開いておいたよ。月々の小遣いは自動的に振替になるはずだ。ミセス・サスクが家計費を預かっていて、毎月末に領収証をぼくに渡していたんだが、そういうことは苦手らしくてね。きみはうまくやれるかな？」

「やってみたいわ。ミセス・サスクはやり方を教えてくれるかしら？」

「もちろんさ。そのうち時間をとって、うちの家計の説明をしてあげよう。月々の支払いは必ずあるんだ。これからはきみがぼくに代わってやってくれるね」ジョージはちらりと横目でフィーベを見て、にっこり笑った。「うれしそうだね」

「うれしいのよ。あなたやミセス・サスクの手伝いができるんですもの」そこでひと息ついて続けた。

「スーザンが台所にいるのを見たときは驚いたけど、うれしかったわ。失業中だったでしょう……」

ジョージは答えなかった。しばらくして、オランダ旅行に必要なものはそろっているかとたずねた。

「ハーウィッチ経由で明日の夜、出発するよ。十日間の予定だ。服がもっといるなら、いまのうちに買っておくといい」

「もう充分よ。イヴニングドレスがないけど、着るような機会はないでしょう？」

新しい服と輝く靴で粋に身を包んだフィーベをジョージはちらりと見た。「そうだな、一度くらいは踊りに出かけてもいいね。ジョン・マシュウズが明日の朝、奥さんをベリーセントエドマンズへ連れていくんだ。奥さんが歯医者にかかってるんでね。乗せていってもらえば昼食前には戻ってこられるよ」

フィーベの財布にはあまり入っていなかったし、まだ小切手帳ももらっていない。どうしたらいいのか迷っていると、ジョージが言葉を足した。

「現金をあげるよ」

「まあ……ありがとう、ジョージ。でも、もうたくさん借りているから」

「確かにね……そのことは旅行に出たらきちんと話し合おう。さしあたり百ポンドで足りるかな？」

「百ポンド？」フィーベの声はかすれた。「多すぎるわ！」

「それなら二着買うんだね」

車が家の前にとまり、ふたりは降りた。

中へ入りながらフィーベは慎重にたずねた。「あなたの荷造り、わたしがしましょうか？」

ジョージは診察室のドアに手をかけたまま足をとめた。「いや……いいよ。明日、ぼくがやる。昼食はすぐだね？　ちょっと電話をしなきゃいけないんだ」

昼食後、フィーベはスーツケースがあまりみすぼらしくないのにほっとしながら、新調の衣類などをつめこんだ。しかし、夜の船便に乗るのなら、明朝のうちに小さめのバッグを手に入れておきたい。フィーベは封筒の裏で計算をしてみて、ジョージにかなりの借金をしていることがわかった。返済するのに何ヵ月もかかりそうだ。

その夜、ジョージはなにげなくフィーベにお金を渡してくれ、フィーベは感謝するばかりだった。お金に困っているとは思わないが、家も維持しなければならないし、ミセス・サスクに給料も払わねばならない。確かに彼の服は高そうな仕立てだが、これまでとは違い、いまではフィーベという扶養家族が増えているのだ。フィーベはジョージの重荷になりたくなかった。

翌朝九時にマシュウズ牧師が拾ってくれた。夫人は歯が痛んで苦しそうだ。ベリーセントエドマンズに着くまで唯一の会話は、フィーベを商店街で降ろし、帰りは駐車場で待ち合わせるときめたことだけだった。「十二時半までにね。遅れてはだめだよ」と念を押された。

「十二時までに行くようにしますわ」フィーベは約束した。

初めての町だが、店はまずまずだった。旅行用バッグを買ってからブティックのショーウインドーをのぞいて歩いた。時間を気にしながら一軒に入り、トルコブルーのクレープのドレスを選んだ。これなら義母と初めて会うときに打ってつけだ。お金が余ったのでダークグリーンのタフタのスカートとシフオンのブラウスも買った。少し地味かと思ったが、もうミセスなのだからいいだろうと考えた。駐車場へ戻るとちょうどマシュウズ夫妻も用をすませて帰ってきた。

ジョージはまだ戻っていなかった。フィーベはドレスとスカートとブラウスを荷物に加え、思いついたものをいくつか足して、夫の帰りを待った。

「気に入ったものが見つかったかい？」帰宅したジョージはたずねた。

「ええ。感謝してるわ」

「まだ結婚プレゼントをあげていなかったね」ジョージは昼食をとりながら言った。「いっしょに買い物に行こう。ほしいものを選ぶといい」

「もう充分だわ。こんなにたくさん服を持ったのは初めてよ」

「ぼくには友人が多いんだ。出かける機会も多い。服はいくらあってもいいくらいだよ、フィーベ」

フィーベは力なく「そうね」と答えた。いまとなってはもう遅いが、今日、店員に勧められたもっと派手なドレスにしておけばよかったと後悔した。しかし、何よりも義母に好かれなければならない。きっと保守的な女性だろうから、地味なくらいがちょうど気に入ってもらえるのではないだろうか。

ハーウィッチまではさほど遠くなかった。ジョージが午後の診察をすませ、アンドリュー・パワーズと連絡をとってから、ふたりは出発した。フィーベは不安で仕方なかったが、ジョージはまるでふだんと変わらないように思えた。フィーベはイギリスを離れるのが初めてで税関や旅券手続きはもの珍しく、胸がわくわくした。ケンブリッジで取得したパスポートに検印が押されるのを見ながら、次はスーツケースが開かれ、調べられるのだろうと思っていたのに何も調べられず、車ごと乗船した。車から降りて上甲板へ上ると、ふたりは即座にキャビンに案内された。フィーベは夜に必要なものだけ出し、ジョージについてレストランへ入った。遅めの夕食をすませ、甲板へ出て、急速に遠ざかりつつある海岸の最後の光を見つめた。

フィーベはぐっすり眠った。翌朝は早くからジョージと朝食をとり、フェリーが埠頭《ふとう》に着くのを見守った。ジョージは優しく辛抱強く、いちいちフィーベに説明をしてくれた。

税関の手続きはすぐにすみ、ふたりは車で出発した。

「ねえ、どこへ行くの？」

「ヒルバサムだ。高速道路で一時間くらいかな。着いたらコーヒーを飲もう」

「お義母さまはヒルバサムに住んでるのね？」

「ああ、祖父の遺《のこ》した家があるんだ。なかなかいい町でね、緑に包まれた静かなところさ。こんなところとは大違いだよ」ジョージは車の走っている殺風景な湿原に頭を振った。ぶちの牛が草をはみ、遠くに大きな納屋のある農家が見えた。「ヴェリュウエと呼ばれる北の方はいまがいちばんいい季節なんだ。ドライブに連れていってあげよう」

フィーベはジョージの落ち着いた横顔を見つめた。

「あなたって、イギリス人というよりオランダ人の気分なんじゃない？」

　ジョージは声をあげて笑った。「オランダではオランダ人、イギリスではイギリス人になるみたいだね。母は英語がうまいから心配はないよ。買い物にも不便はないはずだ。オランダ語はやさしい言葉じゃないから、たいていのオランダ人は英語をしゃべれるんだ」

　車はロッテルダムを通過していた。市街の道はこんでおり、フィーベは大丈夫かしらと思ったが、ジョージは慣れた運転でやがて町中を抜け、ユトレヒトに向かってスピードをあげた。

「町や村を素通りするのは残念だな」ジョージは言った。「時間がとれたらぜひ見物させてあげるよ。右へ行くとハウダだが、その先には美しい湖がいくつもあるんだ」

　ほどなく車はユトレヒトの町を取り巻く環状道路に入った。市街へは向かわず外周をぐるっと回るようにして北へ向かう。緑が多くなり、ヒルバサムの近くに達すると、木立は高速道路のすぐそばまで迫り、道はまっすぐに町へ伸びていた。

　町の通りに面して、手入れの行き届いた敷地に豪壮な建物がずらりと並んでいる。いずれも広い門をかまえていた。道は果てしなくどこまでも続いているようだ。

「ここがヒルバサムなの？　町らしくないわね」

「繁華街はもう少し先なのさ」ジョージは石の門柱の間に車を入れ、砂利敷きの車寄せを走り、ずっと奥まって立っている広壮な邸宅へ向かった。

　フィーベは息をのんだ。「あの家？　あれがお義母さまの家なの？」

「ああ、オランダにいる間はぼくの家でもある」ジョージはシートベルトをはずすと身を乗り出してフィーベの側のドアを開け、さっさと降りた。

　広い階段を大邸宅の玄関へ歩きながら、フィーベはジョージが手をとってくれるのをうれしく思った。どこか引きつったように笑いながらフィーベは言った。「こういうドアって、たいてい執事が開けるものなのよね」そのとたん、ドアが開き、フィーベは唖然《あぜん》とした。ドアを開けたのは黒の上着と縞《しま》のズボン姿の、ひょろりと背の高い年輩の男性だった。

「フィーベ、こちらはウルコだ。ぼくがまだ子供のころからこの家にいる。大事な友人でもある」彼の声は優しさにあふれていた。「ウルコ、ぼくの妻だ」

フィーベは手を差し出し、紅潮した顔に微笑を浮かべた。「はじめまして、ウルコ……オランダ語はできないんです、ごめんなさいね」

「多少の英語はわかります」重々しい口調だ。「お目にかかれて光栄です、奥さま」ウルコもほほ笑んだ。「大奥さまは客間にいらっしゃいます、ジョージさま」

天井の高い広い廊下を案内された。床はぴかぴかに磨いてあり、壁にはいくつもの肖像画がかかっている。フィーベはジョージの手をしっかり握り、それらに目をやる余裕さえなかった。まるで歯医者で治療を待っているような気分だった。前方の両開きのドアが突然ぱっと開き、ふくよかな女性が飛び出してきた。背丈はフィーベくらいで上品な服装をしている。心の温かそうな女性《ひと》だわ、とフィーベは思った。

「ジョージ、ジョージ！」その女性は呼びながらつま先立ってジョージに抱きついた。それからフィーベの体に両手を回した。「フィーベね。ジョージの手紙に書いてあったとおりだわ！　よく来てくれたわね、お会いできてうれしいわ」ジョージの母はウルコに何か言い置いて、ふたりを客間へ通した。座り心地のよさそうなソファや椅子、しゃれた家具をしつらえた、広い部屋だ。ジョージがくすくす笑いながらフィーベの手を放すと、今度は母親が手をとってフィーベをビロード張りのソファへ座らせ、自分も並んで腰をおろした。息子は向かい側の大きな椅子に落ち着いた。

それからしばらくは旅のことやウールピットの様子、ミセス・サスクやビューティの近況報告が話題になった。ジョージの病院ははやっているのか、そのうちフィーベをイギリスの家に招待してもいいかという話も出た。「グランチェスターに家があるのよ」ジョージの母は言った。そこへウルコがコーヒーのトレイを持って入ってきた。ジョージの親族、友人、知人のうわさ話にひとしきり花が咲いた。

「あなた方のためにパーティを開くわ。まず親しい人を何人か食事に招《よ》びましょう。それからパーティにするの。みんなに来てもらって」そして、息子と同じ驚くほど青い目でフィーベを見つめ、ほほ笑んで言った。「みんなに会ってもらいたいの。義理の娘ができて、とても自慢なのよ」

やがてジョージの母は少女のように軽やかな足どりでゆるやかな曲線を描く階段を上り、フィーベを二階へ案内した。二階の踊り場は広く、そこからはいくつもの廊下が伸び、いくつものドアがあった。ミセス・プリチャードはそのひとつを開け、フィーベを中へ入れた。「ここを使ってね。あのドアを入ると浴室、その先がジョージの部屋。ほしいものがあれば鈴を鳴らすのよ。みんな英語なら少しわかるから。ひと休みしたらおりていらっしゃいね」

ひとりになるとフィーベは室内を見回した。豪華そのものだ。窓から見える庭には春の花が咲き競っている。フィーベは顔と手を洗い、化粧を直した。鏡に見入っているとドアにノックがあり、振り返りもせず、どうぞと答えた。ジョージが入ってきて、ベッドの端に腰をおろした。

「どうして言ってくれなかったの?」

ジョージはとぼけようとはしなかった。「理由はいくつかある。ここはイギリス同様、ぼくの祖国だ。子供のころとか学校の休みのとき、ずいぶんここですごしたよ。少し大きすぎると思うかもしれないが、ここは第二のぼくの家だ。いずれ、きみも気に入ってくれるようになるだろう」

「お義母さまはお金持なの?」フィーベは静かにたずねた。

「ああ、父は金を持っていたし、母も名家の出だ。財産は相当なものだ」

フィーベは口を開きかけたが、ジョージが続けた。

「ぼくも金は持っているが、だからといって自分の生き方を金で左右されたくはない。わかってくれるかな」

「お金のある生活には慣れてないの。でももっと早く聞かせてくれればよかったのに……せめて、式を挙げる前にでも」

「そうしたらぼくと結婚しなかったかもしれないな」ジョージはほほ笑みながら立ちあがった。「階下へ行こう。母が話をしたくてうずうずしている。疲れたのなら、ひと眠りしてもいいけど」

「疲れた? いいえ、ちっとも」フィーベは笑った。「昼寝をするのはおばあさんだけで……」

「きみはまだおばあさんじゃないからね」とジョージが締めくくった。

その日は平穏にすぎていった。昼食後、フィーベは屋敷を案内され、さらにジョージと広々とした庭の散策に出た。敷地の境界線には松が植わっている。小さな門を出ると乗馬道が続いており、ずっとどこまでも行けるとの話だった。

「今日はやめておこう。きみは早くベッドに入るんだ、長い一日だったからね」

「でも楽しい一日だったわ」そう言ったあと、フィーベは急に不安げな口調になった。「持ってきた服で大丈夫かしら」

ジョージは妻の手をとった。「明日、買いに出てもいい。何を着ればいいか母と相談するんだね。パーティのことが気になるんだろう?」

夫の優しさが身にしみて感じられた。「ええ、医者の妻にふさわしいと思って買ったドレスがあるの。でも、これまで行った……あの、ベイジルと行ったパーティでは、女の子はみんなしゃれたドレスやパンツスーツを着ていたわ」

「まあ若い女の子はね」ジョージはつけ足して言った。「ただ、パンツスーツだけはやめてほしいな」

「嫌いなら買わないわ。いいえ、何も買わなくてもいいかもしれないわ。持ってきたドレスでいいとお義母さまがおっしゃればね。手を通さないなんてもったいないわ。スカートとブラウスもそろってるのに」

「よし、母がなんと言うか、きいてみよう」

夕食の席に、フィーベはケンブリッジで買ったドレスのひとつを着た。ほっとしたことに、ミセス・プリチャードも同じような服装だった。食後、客間でコーヒーを飲んでいると来客があった。中年の男女と、フィーベよりは年上だが美しい娘で、昔なじみだ、とジョージは説明して、彼らと握手をし、娘にキスをした。ヴァン・レンケル夫妻と娘のコリーナだ。一同は英語を話したが、ときどきはオランダ語が飛び出し、そのたびにまったくオランダ語のわからないフィーベにあやまるのだった。その回数のいちばん多いのはコリーナで、かすかにおもしろがっているような笑みを浮かべてフィーベを見ている。ヴァン・レンケル夫妻が立ちあがってフィーベはほっとしたが、それもつかの間だった。コリーナだけがもう少し残ると言いだし、両親にはあとで迎えに来てくれるように頼んだのだ。ミセス・プリチャードもジョージもこれに反対せず、一同はフィーベを会話に引っ張りこむようにしながらおしゃべりを続けた。やがてミセス・プリチャードが、明日フィーベが買い物に行くのなら、いまのうちに二階でフィーベのドレスを見せてほしいと言いだした。フィーベはコリーナをジョージとふたりで残したくはなかったが、しぶしぶ義母に続いて客間を出た。愚かな感情だとは思ったものの、その気持の強さに自分でもびっくりした。だが義理の母には胸のうちを知られたくなかった。おとなしく二階の部屋に入ると、ブルーのドレスを出し、言われるままに身につけてみせた。

「とてもかわいいわよ」ミセス・プリチャードは断言した。「でもそれではあなたの魅力を引き立てないわ。やせぎみだけどスタイルはいいんだし。袖《そで》が大きくてネックラインの深いのが似合うんじゃないかしら。ほかにはどんなのを持ってきたの？」

フィーベはスカートとブラウスを出した。

「なかなか趣味がいいわね。でも、それを着るにはまだ若すぎるわ。明日、ジョージと出かけなさい。それで、あの子の助言に従うことね！」

ふたりが一階へおりると、コリーナはまだ居すわっていた。ミセス・プリチャードは親切に声をかけた。「ウルコに送らせましょうか？ ジョージとフィーベは長旅をしてきたから……」

そのときコリーナの両親が戻ってきたのは幸運だったと言えるだろう。ジョージはいまにも自分が送ると言いだしかねないところだった――フィーベは少なくともそんな気がしていた。十分ばかりしてコリーナが連れ帰られると、声もかけないのにウルコがコーヒーのお代わりを持って現れた。

三人はさらに半時間ばかりおしゃべりをしていたが、やがて不意にジョージが言った。

「ずいぶん眠そうだ、ベッドに入りなさい」

「そうしなきゃいけないわ」ミセス・プリチャードも言った。「明日は買い物でしょう。ジョージ、フイーベをヒルバサムへ案内してあげるのね。ギグかハアンかド・キュプがいいわよ」義母はフィーベの手をとって優しく声をかけた。「クロゼットにイエーガーのスーツがかかってたわね。わたしも大好きなの。いいセンスをしてるわね」身を乗り出してフィーベにキスした。「保護者ぶってるなんて思わないでね。あなたってとてもかわいいし、あなたのような娘がいたら、きっと世話をやきたくて仕方ないと思うの」

フィーベは義母の美しく化粧した頰にキスした。「ご迷惑でなければ」と恥ずかしそうに言った。「お母さまだと思わせてください。実の母の記憶はほとんどないんです」

おやすみなさいと挨拶をすると、ジョージがドアを開け、出ていくフィーベにキスをした。「ぐっすりおやすみ」

しかしフィーベは横になったまま、遅くまで寝つけなかった。さまざまなことが心に引っかかってい
た。その中でも最大の疑惑は、理由はわからぬもの
の、コリーナのことだった。

5

二十四時間後、フィーベはまたベッドに入っていたが、気分は一変していた。わくわくするような幸せな一日をすごしたからだ。コリーナのことなど気にもならなかった。フィーベは一日のことを詳しく思い出そうとした。軽い朝食をとったあと、車でしばらく走って町の中心部へ向かった。町はとてもモダンで、フィーベはすぐに気に入った。ホテルの駐車場に車をとめ、昼食のテーブルを予約しておいてからブティック街へ繰り出した。女性の服に関心はないだろうとの予測に反してジョージは、フィーベが気に入ったものの高すぎると考えたドレスを強く勧め、彼女が試着すると、とてもよく似合うとほめるのだった。フィーベが着たこともないような華やかな色合いとカットで、きっと引き立つだろうと思われた。別人になったような気分でフィーベは大きな鏡の中の自分を見つめた。

ドレスを車にしまってからフィーベはおずおずと言った。「美容院で髪をセットしてもらおうかしら」

驚いたことにジョージは、その必要はないときっぱり言いきった。「そのスタイルが似合っているよ。美容院で洗いたければ洗ってもいいが、ウエーブをかけたりカールさせたりするのはだめだ」ふたりはぶらぶら歩きながら、ショーウインドーをのぞいていた。ジョージは足をとめ、シルバーグレイのドレスが無造作に椅子にかけてあるのに見入った。「あれはきみのためにつくられたようなものだな」

こうしてフィーベはさらに一着手に入れたのだった。夢のようだわ。やわらかなシルクのプリーツ、美しいベルトにフィーベは見とれた。そのあと昼食をとり、ジョージとドライブに出かけた。ロエネンからベヒト川を回り、川沿いの民家を眺めてからマアルセンに出た。ゆっくり走りながら湖を見物し、ヒルバサムへ戻った。しゃれた喫茶店で大きなクリームケーキを食べ、勧められるままフィーベはもうひとつ平らげた。

「わたしって食いしんぼうね」フィーベは言いながら、ケーキにフォークを突き刺した。「きっと太っちゃうわ、自業自得ね！」

ジョージは大声で笑った。「いまのままでもすてきだが、もうちょっと肉がついたってかまわないさ。ビスケットやレタスばっかりつっついている女といっしょじゃおもしろくないよ」

フィーベはフォークを口もとへ運んだ手をとめた。「あら、そんな女の子とデートしたことがあるの？」

ジョージはまた笑った。「何度かね。だが、ずいぶん昔のことだよ、フィーベ」

満足できる答えだった。フィーベはベッドの中で眠たげにほほ笑み、目を閉じた。

翌日の昼食には叔父や叔母やいとこなどの親族が押し寄せた。その日の朝は涼しく、フィーベはイエーガーのスーツを着た。ジョージは笑顔でフィーベを迎え、ミセス・プリチャードは「よく似合うわ、とてもすてきよ」とほめた。親族がやってこないうちに、フィーベはレインコートとスカーフで身を固め、ジョージとふたりで雨に打たれた森を散歩した。静寂が支配するそこは、踏み固められた道がぬれてやわらかくなっていた。

「話をしておこう」ジョージはフィーベの歩調に合わせて足をゆるめ、妻の肩に手をかけた。フィーベは熱心に聞き入った。話というのはプリチャード家がいかにして財を築いたかということだった。話はずいぶん昔にさかのぼる。プリチャード家の先祖はいわゆる大地主で、先見の明があって鉄道に投資したという。一族にはいつの時代にも医者がおり、彼らが富をつけ加えていったのだ、とジョージは語った。十七世紀にはオランダ東インド会社に資金を提供し、歳月をかけて慎重に増やしてきた。「もちろんこのごろは子供の数が少ない。昔は財産を十人くらいでわけなければならなかったんだ。それに比べれば、いまは恵まれているということだな」

「そうね。わたしもそのうち慣れると思うわ」

ジョージの顔にかすかな傲慢《ごうまん》さがのぞいた。「当然だね。ところできみは診察を手伝いたいと言っていたね。ウイルキンス保健師がいるが、実を言うと最近ぼくは、看護師を雇おうかと考えていたんだ。診察のときに時間の節約になるからね。注射や包帯をしたり、赤ん坊をおとなしくさせたり、気の立っている母親をなだめたりするのにね。きみ、やってくれるかな？　自由な時間はまだたっぷりとれるはずだし、午後の診察は手伝わなくてもいいよ」

フィーベは喜びが波のように押し寄せるのを感じた。「ぜひやりたいわ。注射や包帯くらいならできるから」

「よし。それじゃ一度試してみよう」

ふたりは家に戻った。

家に帰り着くのとほとんど同時に、一番乗りの客が現れた。チャールズとベアトリクスと紹介された。ウルコの話では男爵と男爵夫人だそうだが、それらしくは見えなかった。チャールズはジョージによく似ていたが、髪はグレイでやや猫背だ。夫人は小柄で、はつかねずみを思わせる。挨拶《あいさつ》もまだ充分交わさないうちに、さらに若い女性がふたりと、三十代の男性がひとり到着した。

「みんないとこだ」ジョージはフィーベの耳もとでささやいた。ジュリアナは長身で立派な体格をしており、だぶだぶのコートにつば広のフェルト幅、鮮やかな緑のドレスという、いささか奇抜な装いだ。

妹のシビラはやや顔色が悪く、フィーベと同じように上品なスーツを着ている。コーネリアスはジョージに似ていたが、背はずっと低く、しかし頑丈な体つきをしている。ジュリアナは芸術家ということだ。だからあんな妙な格好をしているのね、とフィーベは納得した。シビラは婚約中で、フィーベとジョージを結婚式に招待した。ジョージは一も二もなく承知した。

ウルコが飲み物を勧めているうちに最後の客がやってきた。ミセス・プリチャードの妹で、娘夫婦と、髪の白くなった大柄な老婦人を同行していた。老婦人は背筋をぴんと伸ばし、威厳にあふれている。

「祖母だ」ジョージが言った。「めったに外出しないんだ。きみを見に来たんだな」

ケイト叔母ほど扱いにくくはないだろうと考えながら、フィーベは探るような青い目の老婦人の前に立った。

「キスしてくださいな」老婦人は言った。

フィーベは相手の頬に軽くキスしてにっこりほほ笑んだが、その場にふさわしい言葉が思いつかなかった。それでよかったらしい。老婦人は重々しくうなずき、ジョージに頬を差し出してオランダ語で何やら話しかけた。ジョージもオランダ語で答え、ふたりそろってフィーベを見た。「きっといい奥さんになるだろうってさ」とジョージが言った。

ジョージはフィーベの手をごく自然に握った。フィーベは結婚以来初めて、なぜと理由はわからないものの、しみじみと幸福を味わった。

昼食は英語のおしゃべりをまじえて長々と続いた。フィーベはジョージとともにテーブルにつき、おおいに楽しんだ。すべてが夢、それもすばらしい夢のようだった。そのうちわたしも、こういう贅沢《ぜいたく》な生活に慣れるんだわ、とフィーベは考えた。

ジョージが静かに声をかけた。「ここは確かにすてきだが、ぼくもウールピットの家が好きだな」

フィーベはびっくりした。「わたしの考えてることがどうしてわかったの？」

「きみの顔に書いてあるよ」

午後は愉快にすぎていった。親族が入れ替わり立ち替わりフィーベのそばへ来ては優しくあれこれと質問をし、きまって、今度はもっとゆっくりできるようジョージに連れてきてもらいなさいと締めくくるのだった。彼らは北はハーグの近くから、オランダのあちこちに居をかまえていた。祖母はフリースラント州にひとり暮らしだそうだ。ただし話し相手がひとりいるらしい。フィーベは老婦人が帰る前に誘いを受けた。

「遊びに来るのよ」老婦人は言った。「暇ができしだい、ジョージに連れてきてもらいなさい」心に突き通るような目でフィーベの視線をとらえた。「わたしはジョージが大好きなのよ、あなたもそうでしょうけどね」

フィーベは体の中で大きな泡がはじけたような気がした。顔がかっと赤くなり、息もつけない。わたしはジョージに夢中なのよ、どうしようもないほど愛しているんだわ。いまのいままで、どうしてそれに気がつかなかったのかしら。

フィーベは老婦人から目をそらさなかった。顔に赤みがさしたがすぐに消え、老婦人はしばらく間を置いてから口を開いた。

「どうやら同じらしいわね」ジョージがやってくるのを見て老婦人は頬を差し出した。ジョージはキスしてから、祖母の手をとって車まで送っていった。

客たちがすっかり帰ると、ふたりはまた散歩に出た。ただ歩き、しゃべるだけだが、顔を見ずにすむので、ずっと楽だとフィーベは考えた。親族のことを話題にしながら、ぶらぶらと家へ戻り、遅めのお茶にすることにした。

「まったく静かだな」フィーベの顔を見つめて、ジョージは満ち足りた口調で言った。

その静けさは長く続かなかった。お茶のトレイを片づけてぼんやりくつろいでいると、家の方へ車寄せを走ってくる車の音が聞こえた。ジョージは身動きひとつしなかった。フィーベはちらりと夫を見た。顔色は少しも変わっていなかったが、なぜかいら立っているようにフィーベには思えた。

「カスパーか……来るはずだったんですか？」

母親はかすかに眉をひそめた。「いいえ」

そこへウルコが現れ、カスパー・ヴァン・リンケさまがいらっしゃいましたと告げた。ウルコがドアを大きく開けると、若い男性が客間へ入ってきた。

その印象を言えば、背が高く、色浅黒くハンサム――この三点に尽きる。おまけに、その笑顔たるや、どんな性悪な相手でさえほほ笑み返さずにいられないものだった。

ジョージは立って客を迎えた。客より何センチか高かった。「会えるとは思わなかったよ、カスパー」穏やかな声で言って、ほほ笑む。「妻のフィーベだ。こちらはいとこのカスパー」

フィーベはあからさまに見つめられて赤くなりながら、紹介はそれだけなのかといぶかった。やや長すぎる握手がすむとまた心は落ち着いたが、顔の赤みはまだ消えない。

「元気か、ジョージ？」

フィーベはカスパーが珍しそうに自分を見ているのに気づいた。赤くなるなんて、女学生みたいだわ。カスパーの黒い瞳を見たくなかったが、話しかけられたので見ざるをえない。

「式はひっそりと挙げたそうですね。ぼくはジョージのつき添いをやりたかったのに。ここにはしばらく滞在するつもり？」

「二、三日のうちにできるだけフィーベを親族に会わせようと思ってる」ジョージがカスパーを嫌っていることが、そのときはっきりとフィーベにわかった。そぶりに出ているわけではないが、愛する人の心はたとえ隠そうとしていても感じとれるものなのだ。

「ぼくのほうが先にフィーベに会いたかったな。すっかり心を奪われてしまったよ。ああ、遅すぎたんだ!」

カスパーが芝居がかって胸に手をあてたので、フィーベは吹き出してしまった。もちろん冗談を言っているのだ。同時にフィーベの心に、ジョージこそそうであってほしいという思いが忍びこんだ。フィーベはすぐにそんな気持を抑えた。ほっとしたことに、ジョージも義母も笑いだした。

「夕食をいっしょにいかが?」ミセス・プリチャードが言うと、ジョージがあとを受けた。

「まず一杯どうだい?」

「それを待ってたんだ。ぼくはレーネンへ帰る途中でね」カスパーは、おとなしく座っているフィーベに顔を向けた。フィーベの顔色は平常に戻っていた。

「家があるんです。もう彼女の顔色は平常に戻っていた。

「家があるんです。ぜひ見に来てください。ライン川に面していて、いいところですよ」

フィーベは何かあたりさわりのない返事をしなければと考えて、進んで言った。「まあ、そこは昔、金蘭鳥《きんらんちょう》がいたところじゃありません?」

カスパーは驚いたようだ。「行ったことがあるんですか? オランダをご存じで?」

「いいえ。でもオランダへ来るときまってから本を読んだりしましたの」

フィーベはジョージからシェリーのグラスを受けとった。ジョージはなんの苦もなく、一同を世間話に引きこみ、フィーベはほっと安心した。やがてミセス・プリチャードが夕食のための着替えに立った。

フィーベはジョージのそばにいたかったが、カスパーがいて落ち着けず、義母について部屋を出た。カスパーが嫌いというのではないが、なぜか落ち着けないのだった。

「着替えるわ」ミセス・プリチャードは言った。「あなたもすてきなドレスに替えなさいな」

化粧と髪型に手間どりながらも、古めかしい姿見に体を映してみたときは満足がいった。確かにうわさになるような美貌《びぼう》ではないが、精いっぱいの装いで、きっとジョージも……。

フィーベはゆっくり一階へおりた。客間にはカスパーだけしかいなかった。カスパーはフィーベを迎えてその手をとり、両手で握った。

「すてきなドレスだ。中身の女性もすばらしい」

フィーベは手を引き抜こうとしたが、カスパーは放さなかった。「お上手ですこと。でもわたしはすばらしくなんかありませんわ」きつい口調になっていた。「そんなお世辞はいやです」もう一度、彼女は手を引いた。「放してください」

それにはかまわず、カスパーはフィーベの肩越しに視線を向けて、にやりと笑った。

「ジョージ、嫌われたよ。フィーベはぼくがお気に召さないようだ」

手が放されるとフィーベは静かに、ジョージを見ずに言った。「よく知らない方を好きとか嫌いとか言えませんわ」フィーベは微笑した。カスパーは疑いようもなく魅力的だったので、気持を傷つけたくなかったのだ。

カスパーは少しも怒った様子はなく、くだけた調子でたずねた。「おふたりのつき合いは長かったのかい？」

ジョージはフィーベの目を見つめ、かすかにほほ笑んだ。「ああ、ただし言っておくが、時間の長さは問題じゃないんだ。そうだね、フィーベ？」

フィーベは熱をこめてうなずくと、ジョージのそばへ行って手をとった。なだめるように、たくましく大きな手に力がこもったが、一瞬のことだった。

そこへミセス・プリチャードが顔を出したので、ジョージは飲み物をつくりに行った。フィーベは手持ちぶさたのまま、ウルコが食事の支度が整ったと告げるまで、黙って座っていた。

食卓でふとコリーナの名前が飛び出した。「コリーナに会ったかい?」カスパーがなにげなくジョージにたずねた。「きみたちはいつも仲がよかったからね。この間会ったときも、ジョージに会うのが楽しみだって、しきりに言ってたよ」

「コリーナには昨日会ったよ。帰るまでにまた会うこともあるだろうな」ジョージはうれしそうに言った。

フィーベの心は波立った。まる一日忘れていたが、いまふたたびコリーナの存在が胸に突き刺さる思いだった。しかしコリーナの話はそれきりで終わった。

カスパーは魅力的なだけでなく、話もうまかった。食事がすむころには一同は爆笑の渦に包まれていた。にもかかわらず、フィーベは食卓を離れるのがうれしかった。カスパーは向かい合わせの席に座っており、フィーベが顔をあげるといつも黒い目でじっと見ているのだ。テーブルの上座からはジョージも見ていたのだが、フィーベは気がつかなかった。

客間でコーヒーを飲みながら、ジョージの低い声に耳を傾けていると愛ではちきれそうになる。その感情を隠すためにフィーベは黙りこくるのとしゃべりすぎるのを交互に繰り返した。ミセス・プリチャードがもうやすむと言ったときはほっとした。自分も、と言えるからだ。カスパーにおやすみを言い、ジョージから頬にキスを受け、義母に続いて部屋を出ようとしたとき、カスパーが呼びかけた。

「フィーベ、すぐに失礼するからね。ジョージをきみから引き離しては申し訳ない」

フィーベは答えなかった。階段を上りきると、ミセス・プリチャードは足をとめた。

「カスパーは気に入った？」

フィーベは考えた。「わかりません。ただ、魅力はありますね、そう言ってもよければ」

「かまわないわ。わたしの質問にあなたが正直に答えたんですからね」

頬にキスを受けながら、フィーベは自分の言いたかったのはそれだけではなかった、と考えた。

部屋に入るとゆっくりと着替えをすませ、時間をかけて髪をブラッシングした。頭の中はジョージでいっぱいだった――結婚するほど好意を寄せてくれたジョージ、けれど愛のひとかけらも見せてくれないジョージ。「なんとかしなくちゃ」そうつぶやいてフィーベはベッドに入り、その解決策を考え出そうとしたが、いろいろなことのあった一日だけに、すぐに眠りこんでしまった。

ミセス・プリチャードは朝食におりてくることはなかった。フィーベとジョージは食べながら、その日の予定を話し合った。

「よければじっとしていたいわ、一日でいいの。体を休めたくて」

「じゃ、そうしよう。町まで歩いてもいいね、森を抜ける静かな小道があるんだ。遠回りだがすてきな道だ。ミセス・サスクへのお土産を見なきゃ……」

「ウイルキンス保健師とスーザンの分もね」

「もちろん。帰国するまでに親戚《しんせき》を訪ねなければならないのはわかってるね？」

「ええ。この国のあちこちに住んでいらっしゃるんでしょう？」そして恥ずかしそうにつけ加えた。「お祖母《ばあ》さまは好きになったわ」

「じゃ、そこからだ。昼食までいて、夕食は帰り道でとろう。明日でいいかい？」

フィーベはうなずき、カップにコーヒーをついだ。

「毎日出歩いて、お義母《かあ》さまは気を悪くなさらないかしら?」

「ちっとも。うちは家族の結びつきが強いからね」

カスパー以外はね、とフィーべは考えた。カスパーも訪ねることになるだろう——また会えるのは楽しみだ。フィーべは認めた。めったにほめられることのない自分がおおっぴらにほめられて、悪い気はしない。

「よし、歩きやすい靴をはいて出発だ」

森の散策は快適だった。犬を連れた人、乗馬中の人。会ったのはその程度だった。町まで来るとコーヒーを飲んでから、土産物を探しながら店をのぞいて歩いた。ミセス・サスクに似合う革のバッグがあった。スーザンにぴったりの絹のスカーフも見つかった。「ウイルキンス保健師は家を持ってるから、食器か何かがいいわ……」ちょうどデルフト焼きのカップとソーサーが、きちんと箱につめられて売られていたのでそれを選び、ふたりは大満足で帰途についた。帰り着いたのは昼前だった。フィーべは部屋に入って着替えながら、ジョージは自分といて本当に楽しかったのだろうかと考えた。

翌朝早く家を出たときはまるで冬のような寒さだったので、フィーべはイエーガーのスーツを着ていた。ジョージが感心したような目つきで見るのがうれしかった。いつもより早起きして身支度を整えたかいがあったというものだ。車は北へ向かった。高速道路をズウォレまで走り、コーヒーを飲むと、あとは本道をはずれて田舎道をステーンバイクまで、そこから本道をレーワルデンへ向かった。町の手前で狭い通りへ曲がると、堤防沿いのれんが道になった。黒白のぶちの牛が草原に放されており、その彼方《かなた》には水のようなものが見えた。

「海じゃないわね?」

「湖だ。いくつかの湖がみんな運河か川でつながっているんだよ」

前方に、教会を囲むように立っている人家が見えてきた。スピードを落として通りすぎ、木立の中を通る道に入った。砂利の上を走ると一軒の家が目に飛びこんできた。大きな窓にはさまれたどっしりしたドア。二階にはバルコニー。フィーベは何も言わなかった。おそらくここが祖母の家だろう。

いかめしい顔つきの女性がふたりを迎え入れ、広い廊下を先に立って両開きのドアへ案内した。その女性はドアをノックしながらジョージに何か話しかけ、ドアを開けると今度は笑顔を見せた。入る前にジョージが言った。「フィーベ、この人はマーサといって、この家の切り盛りをしてるんだ」フィーベが手を差し出すと家政婦はにっこりほほ笑んだ。

ジョージの祖母は暖炉のそばの小さな椅子に背筋をぴんと伸ばして座っていた。部屋はかなり広く、窓が高く設けてあるために明るかった。家具類も贅沢なものだ。挨拶をすませるとフィーベはあまり会話には加わらず、おとなしく座ったまま、室内を見回した。しかしそのうち、老婦人は次々に質問をフィーベに浴びせかけはじめ、その状態が昼食時まで続いた。昼食は食堂でとったが、これも大きな部屋で、一族の肖像画が壁にかかっており、食卓は十人以上が楽に座れるほど大きかった。

「昼寝をするわ」老婦人はコーヒーを飲み終えたあと言った。「フィーベに家の中を案内してあげなさい、ジョージ」

そんなわけで、ふたりは屋敷内を見て歩いた。どの部屋も使われているようだった。「お祖母さまはひとりで住んでいらっしゃるんでしょう?」

「たいていはそうだね。親戚の者がときどき集まるけど」

「広すぎるわね……」

「この家に初めて住んだご先祖は子供を十人持って

いたんだが、それ以降、少なくとも常に六人以上はいたそうだ。祖父は八人兄弟のひとりだったし、祖母は五人兄弟の末っ子さ。若いうちに結婚したんだ。祖父より五つか六つ年下だったらしい。いまでは祖母ひとり、あとはみんな亡くなった。それでもこの家を出るなんて夢にも考えないだろうな。ここはずっと、祖母の家だったんだから」

庭から小さな門をくぐると、ちょっとした森になっていた。肌寒く、空は曇っていた。雪でも降るんじゃないかしら、とフィーベは思った。

お茶のあと、祖母は銀のティーセットを結婚祝いとしてふたりにプレゼントした。「きっといい奥さんになれるわ」老婦人はフィーベに別れのキスをした。「気が向いたら、いつでもいらっしゃい」

「すてきな一日だったわ」グランドホテルで夕食をとりながら、フィーベはため息をついた。「あなたの一族って本当に大家族ね」

すかさずジョージが応じた。「ぼくたちふたり分の家族だからね」

翌朝、今度はハーグに住むベアトリクスとチャールズに会いに出かけた。この夫婦はハーグの郊外、バセナールとの間に広がる緑の多い地域に家を持っている。やはり豪壮な家だ。赤れんが造りで窓には凝った装飾がしてあり、タイルをふいた急傾斜の屋根、両端には小さな塔があった。玄関まで階段を上ると、男の使用人がドアを開けた。この日は日が照り、暖かかったので、フィーベはさっそうとツーピースを着られたのがうれしかった。半年前ならこれほど上品な服を着ることなど思ってもみなかっただろう。慣れるのはあっという間ね、とフィーベは考えた。ふたりは温かい歓迎を受けた。男爵夫人が祖母と同じ質問をいくつも用意しているのを知って、フィーベはちょっとびっくりした。飲み物に続いて、昼食が出た。豪華な食事は居心地のいい部屋に用意された。どっしりした調度品が配置され、壁からはやはり先祖たちがにらんでいた。

「どうだった？」車を走らせながらジョージがたずねた。

「とても親切な方たちね」それから慎重につけ加えた。「でもお祖母さまの家のほうが好きだわ」

「ぼくもだ。ベアトリクスは気位が高すぎてね」

ジョージがそんなことを言うなんてと思ったが、フィーべは口には出さなかった。

翌日は外出せず、ジョージの母とおしゃべりをしてすごした。次の日はフローニンゲンに行く予定だったが、電話がかかって予定が変更になった。いとこのレナが風邪をひいたので来ないほうがいいと言ってきたのだ。

「それならレーネンに行くか。カスパーに電話をかけておこう」ジョージはフィーべを見た。フィーべは自分が赤くなっているのを知り、困惑したが、ジョージの落ち着いた表情は少しも変わらなかった。

「夕食をいっしょにするかい？」

「お任せするわ」頬から赤みが消えていった。ジョージが見すごしていればいいんだけど。フィーべは行きたくなかった。

次の日は森を歩いたり、おしゃべりしたり、ラジオを聞いたり、テレビを見たりしているうちに、着替えの時間がやってきた。

フィーべはジョージが選んだドレスを身につけた。シルクのひだが流れるようにこぼれ、ベルトは細いウエストを強調した。鏡をのぞきながらヒルバサムで買ったモヘアの肩かけをかけて、階下《した》へおりていった。

ジョージはグレイのスーツのポケットに手を突っこんでホールで待っていた。どこか厳しく、近よりがたい雰囲気だ。ハンサムで自信にあふれているわ。フィーべはふだん着のスラックスとセーター姿のジヨージも好きだった。

　最後の段までおりたとき、ジョージがくるりと振り向いた。あまりしげしげと見るので、フィーベは不安になった。「これじゃだめ？　いちばんすてきなのを着てみたんだけど……」

「すてきだよ」ジョージは言った。「忘れがたい印象を残すね」それはフィーベの聞きたかった答えではなかった。

　穏やかな夕べで、静寂があたりを支配していた。フィーベはじっと座ったまま、車のハンドルをあやつるジョージの手を見ていた。ジョージはおしゃべりする気分ではないようだ。

　カスパーの家はレーネンの小さな町並みを走る道路からかなり奥まって建っていた。大きな家を庭が囲み、色彩豊かな木立がさらにその外を包んでいる。中年の女性がドアを開けた。カスパーがにんまり笑ってふたりを迎え、フィーベのことを実に魅力的だと歯の浮くような世辞を並べ立てた。

　フィーベは挨拶をしたが、なんと答えてよいものか、言葉が出なかった。あまり経験のないことだったので。ちらりと見ると、ジョージはまるで無頓《むとん》着《ちゃく》な顔つきだ。なぜかフィーベはいら立ちを覚えた。

「中へ入って、一杯やろう」

　カスパーに誘われるまま、フィーベは奥の大きな部屋に入った。そこは見たこともないほど超モダンな部屋だった。奇妙なパイプ製の家具がまばらに置いてあり、壁紙は目の覚めるような炎の色だ。そして、恐ろしく大きなソファに座っているのは、コリーナだった。

6

カスパーにしっかりと手を握られていなかったら、フィーベは立ちどまってしまうところだった。

「びっくりした？　三人じゃ中途半端だと思ったから、コリーナに来てもらったんだ。ぼくときみとはもっと知り合えるだろうし、ジョージとコリーナは旧交を温められるというわけさ」

コリーナが立ってふたりを迎えた。さまざまな感情がフィーベの中で激しく渦巻いた。まずコリーナへのすさまじい嫉妬《しっと》心。ジョージと古くからの知り合いだというのが許せなかった。だがそれよりも強い感情は自分のほうがコリーナよりずっといいドレスを着ているという優越感だった。

「こんにちは、コリーナ。また会えてうれしいわ」

フィーベは冷ややかに言いながら微笑を浮かべた。だが、やっとのことでつくった笑顔も、コリーナがジョージの首にしがみついてキスするのを見たとたん、はりついたようにこわばってしまった。

夜は永遠に続くかと思われた。居間に負けず落ち着けない食堂の椅子は座り心地が悪く、食卓はガラスの天板だった。食事はすばらしかったが、それでもフィーベは大半を残してしまった。装いでは勝ったものの、コリーナには明らかに他人の注意を引きつける才能がある。フィーベはときどき笑ったり、口をはさむだけで、ジョージの方をまったく見なかった。そのうちコリーナはフィーベの知らない人々を話題に持ち出した。うんざりしながらもフィーベは、カスパーが気を配ってくれなければ、いたたまれなくなるところだった。

やっと食事がすみ、一同は居間に戻った。暖炉のそばで上の時計は十時近くをさしている。もう退散するころだわ。しかしジョージはいっこうにあわてる様子もなければ、カスパーがフィーベを独占しているのを気にとめるふうもない。フィーベはうわの空でカスパーの相手をしながら夜が終わることを切望した。

ついに終わりが来たが、フィーベの満足できる終わり方ではなかった。ジョージがコリーナを送ると言いだし、コリーナは後ろだと酔うので前に乗りたいと主張した。フィーベはふたりの後頭部を見ながら、ひとりぽつんと後部席に座るはめになった。

〝楽しかったよ、フィーベ。これが美しい友情のはじまりだ。イギリスはそう遠くはないからね〟カスパーの言葉が思い出された。カスパーに手にキスされたのさえ、むしろ快い驚きだった。

車がヒルバサムに着くまでコリーナはしゃべり通しだった。ジョージが降りてフィーベのためにドアを開けると、コリーナはぜひ遊びにいらっしゃいとフィーベを誘った。「ジョージのことをいろいろ教えてあげられるのはわたしだけよ」

フィーベは車の窓に身をかがめて言った。「知るべきことは自分で探します。おやすみなさい、コリーナ」

コリーナはほんの数キロ先のバアンに両親と暮していた。フィーベは寝支度を整えて窓の外をのぞいていた。車が帰ってきた――これだけの短時間では家に送る以外のことはできそうにないわ。

ベッドに入るや、ジョージとコリーナとカスパーの夢を見た。朝早く目が覚めたが、何が夢で何が現実のことなのか、はっきりしなかった。

朝食におりて、ジョージがいつもと変わらない朝の挨拶《あいさつ》をしたときも、フィーベの気分は晴れなかった。

「カスパーの家では楽しんでなかったようだね」フィーベがコーヒーをつぐとジョージが言った。「ぼくには古くからの友人がたくさんいる。きみも早く彼らを理解して仲よくやってもらいたいな」

　フィーベは心に引っかかっていることを明かすつもりはなかった。「そんな……楽しかったわ。ただ、お世辞を言われるのとか、冗談まじりの会話に慣れてないだけよ」

「カスパーはきみにぞっこんだね。悪い気はしないだろう？」にやりと笑う顔に、フィーベは皿を投げつけてやりたい思いだった。

「ええ、悪い気はしないわ……これもあまり慣れてないことだけど」ジョージのいぶかるような顔を見て、フィーベはあわててつけ加えた。「でもお世辞を言われるのは好きじゃないの」

「よかった」ジョージは落ち着いた口調で言った。「ぼくはお世辞が苦手なんだ」ジョージがトーストにバターをぬったので、フィーベはマーマレードを回した。「今日はどこかへ出かけたいかい？」ジョージは顔をあげてほほ笑んだ。「あと三日しかないんだよ。わかってるね」

　フィーベは窓の外を眺めた。「あなたに予定がないのなら、のんびりしていたいわ……お義母《かあ》さまは気になさらないかしら？」

　ジョージはうれしそうだった。「母は喜ぶよ。うわさ話を聞きたくてうずうずしてるんだ。それに明日はパーティの準備で忙しくなりそうだし」ジョージはフィーベからコーヒーを受けとった。「そういうことなら、ぼくはレイデンへ行ってくる。昔いた病院を訪ねて、知人に会ってくるよ」

　なにげない調子でしゃべりながら、ジョージはフィーベの顔を見すえた。

　フィーベはうつむいて皿の中のものをつついた。「いい考えね。その病院で実習したの？」

　もちろんジョージはわたしを連れていくつもりはないはずだ。昔の知人と話をするのに、自分は邪魔になるだろう。わかってはいるが、それでもフィーべは傷つけられた思いだった。ジョージの語るレイデンの話に耳を傾けたが、話は右から左へと耳を素通りしていった。

しかし、義母とすごした一日はとても楽しかった。フィーべには身寄りがないので、ミセス・プリチャードはもっぱら一族のだれかを話題にあげ、やがてオランダの親戚《しんせき》が尽きると今度はイギリスの夫の側の親族を話に登場させはじめた。「みんなカンブリアにいるの。でもときたまロンドンへ出てくると、それはにぎやかな集まりになるのよ。姪《めい》のひとりはコーンウォールにいてね、五人、いえ六人の子持ちなのよ。いまどき珍しいけど、とても幸せですって」義母はフィーべを探るように見た。「あなた、子供は好き？」

「大好きです」予想された質問だった。「うちの一族にはずっと子供が生まれてないんです」

「あら、そう」ミセス・プリチャードはうれしそうな声を出した。「すぐに埋め合わせができますよ。ジョージはありがたいことに六人くらいの子供なら食べさせられるだけの財産がありますからね」

フィーべは笑顔をつくって、うなずいた。

お茶のすぐあとにジョージが戻ってきた。夕方まではジョージのレイデンの報告と、ミセス・プリチャードの明日のパーティの趣向などを話題にして、くつろいだ時間が流れ去っていった。

「たくさんおいでになるのかしら？」フィーべがたずねた。「服は正装でしょうか？」

「三十人くらいかしら。服はきちんとしたほうがいいわね。食事は立食式でダンスがあるわ。もっとたくさんの親戚やお友だちにあなたを紹介するのよ」

それがオランダ滞在の最後の一日だった。フィーべは目を覚ますと、心の底から落胆を覚えて窓の外を見た。オランダでの一日一日が楽しかったし、ジヨージのこともいろいろ知ることができた。着替えて一階におりると、すでにジョージは起きていた。森を歩かないかと誘われたフィーベは喜んで承知した。

「ここは気に入った？」森へ向かいながらジョージがたずねた。

「とても好きよ。お義母さまも」

「母もきみを理想的な娘だと言っていた」

「本当に？　うれしいわ。ここにいるとあなたは別人みたい……ウールピットのあなたとはね」

「だからきみをここへ連れてきたのさ。またすぐ、ぼくは村の開業医に戻るんだ」ジョージは妻の手をとった。「きみは電話に出たり、患者の受付をしたりする開業医の妻になるんだ」

「早くそういう生活がしたいわ。お義母さまもイギリスへいらっしゃればいいのに」

「いずれ来るさ」

しばらく無言で歩いたあと、フィーベはたずねた。

「コリーナとは昔からの知り合いなの？」

「ずっと以前からのね。かわいい娘《こ》だろう？」

「とても……それに、魅力的だわ」フィーベは急いで話題を変えた。「ハーグで買ったあのドレスだけど……パーティには大げさすぎるかしら？」

「そんなことはない。きみは一番の美人に見えると思うよ」

「そんな、無理よ。でもそう言ってくれてうれしいわ」

その夜、ドレスを着てみると、フィーベ自身の厳しい目で見ても、なかなかのものだった。銀糸でしゅうした、あんず色のシルクの身ごろに、シフォンのスカート。まさしくオートクチュールと言える。髪をアップに結って化粧をすると、われながらほれぼれする姿に変身した。階下《した》へおりようとしたとき、ドアにノックがあり、ジョージが入ってきた。後ろ手にドアを閉め、じっとフィーベを見つめた。

「すてきだ」そう言って近づき、ポケットから手を出すと、その手に真珠が輝いていた。「これをつけてくれないか？　父方の祖母の真珠なんだ。父がぼくの花嫁にと遺《のこ》してくれたものだ」

三連のチョーカーで、とめ金はダイヤモンドだ。フィーベは手にとり、そっと真珠に指を触れた。

「きれいだわ」声はかすれていた。「本当にわたしがつけてもいいの？」

ジョージは微笑した。「きみはぼくの花嫁じゃなかったのかい？」なおもフィーベが不安そうに見ると、彼は言った。「ぜひ、つけてほしいんだ」

ジョージにつけてもらってフィーベは鏡をのぞいた。ドレスと実によく合っている。フィーベは手を真珠にあてて振り向いた。「ありがとう、こんなにすてきなのは見たことがないわ……」

ジョージは軽くキスした。「気に入ってくれてよかった。階下へおりようか」

ミセス・プリチャードは階下にいた。すでに家具は壁面まで押しやって、ダンスのスペースを確保してあった。義母は黒のビロードのドレスで、ダイヤモンドをきらめかしている。なんてすてきでしょう、とフィーベは言いかけたが、義母に先手をとられた。

「まあ、フィーベ、うっとりするわ。真珠もよく似合って。ジョージ、奥さんが自慢でしょう？」

「今日にかぎったことじゃありませんよ。ずっとのぼせっぱなしなんです」

フィーベは頬を染めながら、それが夫の本心であることを強く願った。もちろんジョージはいつも優しくて、実際以上に美しいとほめてくれるのだが。

「ありがとうございます。お義母さまもすてきですわ」フィーベは恥ずかしそうに言った。

義母の目が輝いた。「花婿の母ってわけね。わたしは昔から黒のビロードとダイヤモンドを身につけるってきめてたのよ」義母は息子を見、フィーベも夫を見た。気品があって、魅力的だわ――フィーベはそう言いたかったが言葉にならなかった。視線がからみ合って、義母が口をはさまなければ、目をそらすことができなかっただろう。「居間にサンドウイッチがあるわ。食事は遅くなるから、おなかがすいたら……」

義母を先頭に三人は歩いていった。廊下の途中でジョージは立ちどまり、フィーベにキスした。フィーベは目を見開いた。「まあ、どうしてこんなことをするの？」

「いつか理由を聞かせてあげよう」

ほどなく訪問客が到着しはじめた。フィーベは大半にすでに会っており、ジョージとともに、あるいはひとりで親戚たちの輪に加わって、楽しく時をすごした。みなが好意を寄せてくれているのが感じられ、屈託のない会話をフィーベもおおいに楽しんだ。

若い客やいとこたちとおしゃべりに夢中になっているところへ、コリーナが両親とともに時間に遅れてやってきた。きっと目立つようにコリーナがわざと遅れてきたんだわ、とフィーベは考えた。そして確かに、コリーナは人目を引いた。サイドにスリットの入った鮮やかなエメラルドグリーンのドレス姿のコリーナはすばらしいの一語に尽きた。ヒップの片側につけた大きな蝶《ちょう》のようなリボンがコリーナをいつも以上にほっそりと見せている。コリーナはミセス・プリチャードにおざなりな挨拶をすると両親と離れ、部屋を突っきって、友人たちと談笑しているジョージのそばへ行った。声は聞こえなかったし、聞こえたとしてもオランダ語だったろうが、フィーベが見ているとコリーナはジョージの腕に手をからませた。そのしぐさがフィーベの怒りに火をつけた。フィーベはくるりと背を向けて何も見なかったふりをした。やがてジョージがコリーナを連れて近づいてきたときは、やっとのことで喜びと驚きの表情をつくってみせたのだった。

「あら、ようこそ、コリーナ」と心にもない挨拶をした。「すてきなドレスね」

コリーナの目がフィーベのつま先から頭まで眺め回した。「その真珠、ジョージから巻きあげたのね。わたしは昔から目をつけてたのよ、好みじゃないけど」

意地悪な女性《ひと》ね、とフィーベは思った。嫉妬が鋭いナイフのように心を切り裂く。ジョージがいつかこの真珠をコリーナにあげるとでも言ったのだろうか。フィーベは愛想のいい声で言った。「あなたには真珠はいらないわ、コリーナ。いまのままでも充分すてきなんですもの」それから周りの一同に笑顔を見せた。「お食事になさいますか？　あとでダンスもはじまりますし……」

だれかに後ろから手を引っ張られた。振り返るとカスパーが笑顔で見おろしていた。

「やあ、きれいなフィーベ。いま食事がどうこうって言ったね？　腹ぺこなんだ、さあ、食べようよ」カスパーはフィーベの手をとったまま、笑ったり冗談を飛ばしたりしながら、一同を食堂に追い立て、肩越しに言った。「またのちほど、コリーナ、ジョージ」

もう何をするにも遅すぎた。フィーベは笑いさざめく人の輪の中で、カスパーにしっかり手を握られている自分に気がついた。

「きみはとてもすてきだ」カスパーはささやいた。「それにしても、あんなに品の悪いコリーナは初めて見たよ」カスパーはフィーベの皿に料理をとってくれた。一同は部屋の端に置かれたいくつものテーブルに席をとった。「クリスマスツリーの妖精《ようせい》に」カスパーがフィーベに乾杯した。

相手はジョージでなく、好かない男性ではあったが、ちやほやされるのは悪い気分ではなかった。公平に言えば、カスパーはパーティの気分を盛りあげるのがうまかった。やがて一同は客間に戻った。すでにレコードがかかっており、フィーベはフロアに引っ張り出された。カスパーは上手だったし、あまりダンスの経験のないフィーベも案外、才能のあることがわかった。音楽がポップに変わっても、まるで昔から踊っていたかのように、鮮やかに体をひねってみせた。

「へえ、たいしたものだね」カスパーは言った。「これまた隠れたる才能のひとつかな」

「わたしには才能なんてないわ」くるりと回転すると目の前にジョージがいた。

ジョージは部屋の隅に妻を引っ張っていった。

「楽しくやってるかい？」

「ええ、とても」声に実感をこめるようにして言った。「すてきなパーティだわ」フィーベは夫の顔をちらりと見て目をそらしたので、ジョージが考えこんだ顔つきになったのに気づかなかった。

「楽しんでおくんだね。帰国したら単調な日々が続くだろうから」

フィーベは夫を見なかった。「そんなことないわよ、きっとすてきな毎日になるわ」そこでジョージがコリーナに見せた笑顔を思い出して、わざとつけ足した。「でもカスパーがいないのは残念ね。とても楽しい人なんですもの」

「じゃ、ぜひ遊びに来るよう誘わなくちゃいけないね」ジョージは平然として言った。「彼が帰る前に、忘れずに言っておこう」

フィーベはもう後悔をしていた。「いつでも手紙を書けるわ」

ふたりは踊りながらフランス窓の前で立ちどまった。「口で言うほうがいい」ジョージはコリーナと踊っているカスパーに手をあげた。「フィーベがぜひ、うちへ来てほしいそうだ。日時はふたりで相談してくれ」ジョージはにこにことふたりを見て、コリーナと踊りながら去っていった。

「いやあ、新婚さんだと知らなければ、妙な気分になるところだよ」カスパーが言った。

フィーベは無理に微笑を浮かべた。「また冗談を。ジョージも遊びに来てほしいって言ってるのよ。あなた、忙しいの？　お仕事は何を？」

「何も。ぼくは一族の厄介者でね、金をすり減らしながらぶらぶら遊んでるんだ。だから、きみの都合のいいときにうかがうよ」

「イギリスは初夏がすてきよ。六月とか……」

「じゃ六月だ。田舎の生活は楽しいかな？」

「どうかしら？　でもわたしもジョージも退屈したことないわ。我慢できなくなれば、車でロンドンへも出られるし」

「六月の末に行くよ。車でね。ジョージが聴診器か何かで診察している間に、ふたりで探険しよう」カスパーはフィーベの頬にキスした。「約束のしるしさ」とびっくりするフィーベに説明した。「ジョージが見えないな。静かなところでコリーナに言い訳してるんだろう。踊ろうか？」

「どういうこと？」フィーベは静かな声でたずねた。

「変な意味じゃないよ。愛らしい少女も大人になると男につめを立てるんだ。しかも、ノーと言われて引きさがるタイプじゃないからね、あの娘は」

これが警告でなかったらなんだというの？　フィーベは、相手を替えて踊っているうちに、いつの間にかジョージと組んでいた。

「カスパーと話はついた？」

「ええ、六月の末ですって。ジョージ、コリーナと……婚約していたの？　つまり、あの……」

「いや、古くからの知り合いだが、婚約なんてしたことはない」いつにもまして落ち着いた声だ。「どうしてそんなことをきくんだい？」

「いえ、別に……ただ、きれいな人だから」

「そうだね」ふたりはそれから無言で踊り続けた。

フィーベは泣き崩れまいと必死にこらえた。

一時ごろになると潮の引くように客が帰りはじめた。別れのキスと訪問の約束が交わされた。フィーベは、ヒルバサムのすぐ近くに住む叔母のひとりに手を貸して毛皮のコートを着せかけた。

「楽しかったですよ」叔母は完璧《かんぺき》な英語で言った。「ジョージは相手を選ぶのに時間がかかったけど、でも利口な選択をしたわ」叔母は小さく光る目を、ジョージとカスパー、コリーナの三人が何やら話しこんでいるホールへ向けた。「ひと安心だわ！」

ジョージがやってきて叔母を車まで送った。邸内に戻ってくると、ちょうどカスパーが帰り支度をしているところだった。

ジョージがカスパーを送り出している間に、フィーベとミセス・プリチャードは居間へ移った。ウルコの用意したコーヒーを一杯飲み終えるころ、やっとジョージも入ってきた。

「カスパーが最後までしゃべってたんでしょう？」ミセス・プリチャードがたずねた。

ジョージはコーヒーとサンドウィッチを受けとった。「いや、コリーナがあれこれとうるさくて」

フィーベは向かいに座ったジョージを見ないよう、自分のコーヒーに気持を集中した。

「コリーナはカスパーに気があるのかしら？」ミセス・プリチャードが感情を殺した声で言った。

「あのふたりはお互いに嫌ってますよ」ジョージの声は心なしか疲れているようだ。

「そうなの？　それならあの趣味の悪いドレスはだれのためなのかしら」義母は返事を待たずに言葉を続けた。「シビラはチャーミングだったけど……」

おしゃべりはなお続いたが、やがて義母は大きな壁時計に目をやって時間を確かめた。「まあ、もう二時すぎだわ。朝食はベッドでとりましょう。あなたたちもよければそうなさい。もう荷造りはすんでるの？」

フィーベは首を横に振った。「すぐにすみますし、出発は午後ですから。でも、そろそろやすみますわ」

立ちあがったジョージはあっさりとおやすみを言い、フィーベの頬にキスした。

翌日、出発の直前になって大きな赤いばらの花束が届いた。カードには〈大好きないとこへ〉とあった。

ジョージはいっこうに気にかける様子もなく花束を後部席に置いたので、フィーベはがっかりした。ジョージが摘んでくれるのなら庭の雑草でもうれしいのに、とフィーベは考えた。

コリーナに赤いばらを贈ったことがあるかもしれないと思いあたったとたん、心は乱れ、揺れた。

帰りの旅は何事も起きなかった。ミセス・サスクは遅めの夕食を用意して待っていてくれた。土産を受けとって大はしゃぎをしながら、ジョージには、郵便物は机に置いてありますと言い、フィーベには、留守中、変わったことはなかったと報告した。ミセス・サスクが料理を皿に盛っている間、ビューティはうれしくてたまらないというふうに、書斎と居間を行ったり来たりしていた。

三十分後、ジョージと向き合ってミセス・サスクのオムレツを食べながら、フィーベは夢から覚めたような思いだった。しかし大きな花瓶に生けた赤いばらが、夢ではなかったのだと語りかけていた。

食事の終わるころにはすっかり夜が更けていた。ふたりはしばらくコーヒーを味わっていたが、やがてジョージが書斎に閉じこもると、フィーベはミセス・サスクに声をかけてから自室に入って荷ほどきをはじめた。しゃれたドレスをクロゼットにつるしながら、またこれらに手を通すときがあるだろうかと考えた。ウールピットではふさわしくないし、仮に暇がとれたとしてもジョージはロンドンへ出てにぎやかに騒ぐタイプではない。

熱い湯につかりながらフィーベはこの旅を思い返した。義母も、夫の一族も気に入った——ただカスパーについてはなんとも言えなかったし、コリーナにいたっては晴れ渡った空に浮かぶ雲と言えた。それも途方もなく大きな雲だ。ジョージはコリーナが好きだったのだろうか。顔色からはなんとも言えないが、村の開業医の妻としてコリーナ以上にふさわしくない女性はいないだろう。それに比べてわたしは……。「ぴったりだわ」とフィーベは思わず声に出してしまった。「電話をとったり、患者さんと話し合ったり、包帯を巻いたり、ひょっとして村の集会に顔を出したり……」フィーベは涙をぬぐった。

「ふだん着でも充分幸せだわ」

フィーベは湯が冷めるまで浴槽の中にいた。それから体をふき、ほてった頬に化粧水をぴしゃぴしゃと叩《たた》きつけてからベッドに入った。そのまま眠れずにじっとしていると、階段をあがってくるジョージの足音が聞こえてきた。それからようやく、フィーベは安らかとは言えない眠りの世界に落ちていった。

翌朝はひどいものだった。目ははれ、顔は青ざめている。しかしジョージが心配そうに指摘すると、フィーベは軽く答えた。「昨日は疲れたからよ。今日から診察を手伝いましょうか？」

ジョージは首を横に振った。「ビューティを散歩させてくれないか。もうすぐアンドリューが来る。いっしょに診たい患者がいるんだ」

フィーベがビューティを連れて長い散歩から帰ると、ミセス・サスクがコーヒーのトレイを運ぶところだった。フィーベは、論じ合うふたりの医師にはさまれてコーヒーを飲んだ。ときおり彼らはフィーベもいることを思い出し、アンドリューが旅はどうだったかとたずねた。しかしフィーベは自分がいては邪魔になると思い、口実をつくって部屋を出た。いつもこんな扱いを受けるわけではないだろう、と思って自分を慰めた。

そのとおりだった。翌朝の朝食の席でフィーベは白衣を着て待合室へ行くように言われた。プリチャード医師が旅から戻ったというニュースはすでに村じゅうに行き渡り、留守中、診察を控えていた患者が続々とつめかけてきたり、予約をとったりした。

「名前を言ってカルテを出してくれれば、うんと時間が節約できる」とジョージは言った。

フィーベは喜んだ。やっと役に立てる。診察がはじまるまで十分ほどあったが、待合室はもう満員に近かった。庭にいるジョージを見ながら、フィーベはキャビネットからミセス・オウエンのカルテを出して診察室の机に置いた。そして診察がはじまった。ミセス・オウエンの次は喉を痛めたビリーが不機嫌そうな母親と診察を受けた。次は体がずきずき痛むというミセス・プラット。いったいどこが痛むのかは話そうとはしなかったが、一睡もできないくらいだという。次のミセス・フォスターは足を痛めていた。フィーベはカルテを出したり患者を呼んだり、はたまた次の日時を予約したりと、てんてこ舞いだった。午前中は忙しくすぎた。十一時をかなり回ったころ、フィーベは診察室に顔を出した。

「おしまいよ」彼女は楽しそうに言った。「電話は二件。マピット農場とミスター・ウエストコット、どちらも胸が悪くて寝こんでいるそうよ」

ジョージは顔をあげた。「マピットの坊やは喘息《ぜんそく》だな。ミスター・ウエストコットは慢性気管支炎だ。ほかにも四、五軒回らなくちゃならないが、いっしょに来るかい？」

フィーベの目がぱっと輝いた。「連れていって、ぜひ。先にコーヒーにする？」

マピット農場はウールピットから数キロ離れていた。途中、ふたりはあまりしゃべらなかった。きっとジョージは患者のことで頭がいっぱいなのだろうと思って、フィーベは黙っていた。そばにいるだけでも満足だし、オランダでのパーティや外出より、ずっと楽しい経験だ。パーティも確かにいいが、ここではふたりでいられるのだから。

農場での診察は簡単にすんだが、それ以外はかなり時間がかかった。フィーベは車で、少しもいらいらすることなく待った——ありそうにないけれど切望している完璧な未来を夢に描きながら。夢を見ずにはいられなかった。

昼食をすませるとふたりはビューティと散歩に出かけ、戻ってからミセス・サスクがいれたお茶を味わったが、その最中に早くも電話がかかってジョージは席を立った。フィーベはトレイを台所へさげ、ミセス・サスクとひとしきりおしゃべりをしたあと、部屋に戻ってひと休みした。一階へおりるとすでに夕方の診察時間が迫っていたが、ジョージはまだ帰っていなかった。待合室ではもう何人か待っている。フィーベはカルテを診察室の机に出してから、あれこれと患者の話し相手になり、かかってくる電話の応対もした。あわてたような声で先生に往診してもらえるかと言う。「お祖母《ばあ》ちゃんの顔色がすごく悪いんです。危ないんじゃないでしょうか？」

住所をきき出すまでにだいぶ手間どり、気持を落ち着かせるのにまたしばらくかかった。都合よく、患者の家は村の通り沿いにあった。電話を切ったとたん、玄関口に車の音が聞こえた。

ジョージはフィーベの話を聞くとすぐに飛び出していった。フィーベは待合室に入って患者たちに事情を説明した。〝お祖母ちゃん〟というのはこの村の有名人らしく、患者たちはジョージが戻るまで、お祖母ちゃんは持ちこたえられるかどうかと興味深げに話し合っていた。

夕方の診察はこの一件を別にして、支障なく進行した。待合室を片づけている間に最後の患者が帰っていった。フィーベはたずねた。「お祖母ちゃんは大丈夫だったの？」

ジョージは机のスタンドを消して立ちあがった。「消化不良さ。八十八だが元気そのものでね。ただオニオンのピクルスとなると食欲を抑えられないんだ。で、夕食は？　もう腹ぺこだよ！」

楽しい一日だったわ——その夜、ベッドにもぐりこみながらフィーベは考えた。毎日がこの調子で続くものなら人生は……そう、完璧とは言えないまでも。コリーナもいない、カスパーもいない……オランダははるか彼方《かなた》だ。眠りに引きこまれながら、わたしにはジョージがいる、と考えた。うとうとしているとき、ふと、わたしとの生活はジョージにとって退屈かもしれないという思いが、稲妻のようにひらめいた。その夜、ふたりがどんな話をしたか、思い出そうとした。特にこれといった話題はなかったわ。ジョージは新聞を読んでいたし、わたしは向き合って編み物をしていた。すてきなドレス姿のコリーナ、鈴をころがすように笑うコリーナ。コリーナに比べれば、わたしはうんざりするほど退屈な人間だわ。明日からは毎日、服を替え、気のきいた会話ができるよう心がけよう。そしてコリーナと話をしているときのように、ジョージを笑わせてみせる。フィーベはまた目を閉じた。きっと、明日も今日に負けないくらいすてきな一日になるだろう。

7

翌日は前日と同じくらいすてきな一日だったし、続く日々も同じだった。しだいに日が長くなり、夏の気配が感じられるころ、ふたりはジョージの友人から招きを受けるようになった。彼らはあちこちに住んでいるので、ふたりは車で出かけた。夕方のドライブは心地よかったが、それでなくてもフィーベにとってはジョージのそばにいられるだけで満足だった。友人たちもいい人間ばかりで、初めて招かれたときは多少、不安を感じたものの、あとになると招待されるのが楽しみになった。ジョージの友人はみな若く、子供や家を持ち、フィーベを歓迎し、もてなしてくれた。フィーベはハーグで買ったドレスを着て、ことさら念入りに化粧をし、髪を整えた。

「ぼくらもディナーパーティをやらなくらゃね」まだ暮れやらぬ夕刻、車でわが家へ向かいながらジョージは言った。「四人くらいからはじめようか？　マンセル夫妻とプライス夫妻を招《よ》ぼう。その次はグレゴリーとノーマンだ。土曜か日曜の夕方がいいね、暇がとれるだろうから」

フィーベは不安になった。「わたし……どんなことをすればいいのかしら？」

「ふだんのままでいいんだよ。あら探しに来る連中じゃないんだからね。ミセス・サスクと相談して料理をきめてくれ。土曜でいいかい？」

「ええ、かまわないわ」

それからフィーベは毎晩、ベッドに料理の本を持ちこむようになった。ただし自分が料理をつくることにはなりそうもないと考えていたのだが、あとになってとんだ思い違いだったとわかった。ミセス・

サスクと話し合い、メニューや飾り花、食器などこまごましたことまできめてしまうと、フィーベは準備完了ということでほっとした。毎日は忙しく流れていった。診察の手伝いのほかにも、庭の手入れや買い物、ときには村人の集まりに顔を出すなど、充実した生活が続いた。ところがディナーパーティの前夜、事情が急変した。ミセス・サスクが風邪で寝こんだのだ。彼女は翌朝ベッドの中から熱でうるんだ目でフィーベの不安げな顔を見つめた。

「奥さま、いますぐかからなくちゃなりませんよ。材料は冷蔵庫にそろってます。オランダがらしのスープからはじめてください。ラムは朝のうちに届くはずですわ。メレンゲケーキは簡単ですから……」

フィーベはぼんやりうなずいた。メレンゲケーキならジョージと外出したときに食べたことがある。しかしつくり方となると、さっぱり見当がつかなかった。ミセス・サスクの容態では教えてもらえそうにない。フィーベは台所へ行って冷蔵庫を開けた。スープならなんとかなるだろう。フィーベはじゃがいもの皮をむき、いくつかに割ってゆで、あるだけのオランダがらしを投げこんでからブラックペッパーで味を調えた。なんとかスープらしくなってきた。用心しながらボウルに移し、冷蔵庫へしまいこんだ。あとは出すときに温め直し、クリームを加えるだけだ。とにかく、一品は完成した。

次はメレンゲケーキだ。つめるのはディナーパーティの直前でいいが、メレンゲは冷蔵庫へ入れておけば新鮮さを保てるだろう。フィーベはレシピと首っぴきで汗びっしょりになり、骨を折りながら、やっとのことでオーブンへ入れる段階まで進んだ。運の悪いことにスーザンが指を切ったのは、まさにそのときだった。たいした傷ではないが、それでも手当ては必要だったし、スーザンは気をとり直すために熱いお茶をほしがった。あれやこれやで、フィーべの頭からメレンゲがどこかへ飛んでいってしまった。オーブンから出すとすっかりぱりぱりになっていて、ごみ箱へ捨てるよりなかった。昼食をすませたらまたやり直そう、とフィーベは決心した。さあ、ジョージの食事を支度しないと、もうすぐ午前の往診から帰ってくるだろう。オムレツとサラダにしよう。冷蔵庫にはタルトもあるわ。食卓の準備が整うと同時に、ジョージが戻ってきた。フィーベは身づくろいをかまう暇がなかった。

ジョージはちらりとフィーベを見た。「忙しかったのかい?」夫は陽気な声でたずねた。「ミセス・サスクの具合はどうかな、また診てあげなくちゃいけないね」

家政婦はすっかり落ちこんでおり、昼食もスープを少し飲んだだけだった。わたしだって今朝は忙しかったのに、ジョージは同情してもくれないわ、とフィーベは考えて悲しかった。オランダがらしのスープはなんとかうまくつくれたけれど、メレンゲでは大失敗をしでかした——フィーベはそんなことをジョージに話したかったが、ぐっとこらえ、ディナーパーティの準備にはなんの問題も支障もない、と努めて明るく言い、ジョージを安心させた。

昼食がすみ、スーザンがあと片づけにかかると、フィーベはふたたびケーキづくりに挑戦し、今度はうまくやった。というのも、メレンゲがほどよく仕あがるまでほぼ一時間、台所にへばりついていたからだった。その間を利用してバナナをつぶし、あとでつめるためにブランデーとまぜ、それがすむとサフランライスにとりかかった。六種もの調味料をまぜ合わせるなど、手のかかる作業だったが、なんとか無事にすんだ。ラムにフォイルをかぶせるときには、そばでスーザンが〝ああ〟とか〝まあ〟とか感心したような声をもらすので、おおいに励みになった。

フィーベはひと息ついてお茶を飲んだ。ジョージはストウマーケットへ出かけていたが、四時前後には帰るはずだ。土曜日なので午後の診察はないが、往診の依頼はいつ何時あるかもしれない。フィーベはスーザンに、家に帰って七時半までにまた来るようにと言った。台所と給仕を手伝ってもらわなければならない。そのあとミセス・サスクにお茶を持っていった。家政婦はいくぶん元気をとり戻していた。階下《した》へおりると、ちょうどジョージが戻ってきた。

「楽しくやってたかい？」と医師はたずねた。

「ええ、とても」声には力がなかったが、フィーベは笑顔をつくってみせた。

食卓の準備は楽しかった。テーブルクロスは糊《のり》のきいたダマスク織で、銀器もグラスもぴかぴかだ。中央には浅い鉢に花を生けた。天井にはシャンデリアがさがっている。すっかり納得がいくと、もう着替えの時間だった。シャワーを浴び、ジョージの選んだ、幅広のサテンのベルトのついた淡い緑のドレスを身につけ、薄く化粧をした。あとはラムをオーブンに入れなければ。

最初の客が現れる直前、フィーベはかろうじて客間にすべりこんだ。火を使っていたので頬がほてり、髪も少し乱れていた。ジョージはしげしげとその姿を見た。「すてきだよ」そのひと言がてんてこ舞いの一日を締めくくった。

その夜はまずまず満足できるものだった。確かに、肉にかぶせておいたフォイルがずり落ち、多少こげはしたものの、そこがだれにもあたらないようううまく切りわけてごまかした。サフランライスもミセス・サスクがつくるほどおいしくはなかったが、見た目は満点だった。

客の妻たちは口をそろえてフィーベは名コックだとほめたたえ、フィーベの健康に乾杯した。「ミセス・サスクが寝こんでて大変だったでしょう」夫人のひとりが言った。ジョージがびっくりするのを見てフィーベは満足感を味わった。

客たちが帰ったあと、スーザンがやってきてあと片づけをすませ、一日の報酬を手にして帰ると、ジョージが口を開いた。「フィーベ、よくやったね。さぞかし疲れただろう。もうやすみなさい」

フィーベは食卓を見、それから台所をのぞいた。食器が山のように流しに積んである。スーザンはきちんとさげてくれたが、まだ洗う作業が残っていた。フィーベは明るい声を出した。「そんなに疲れてないから、片づけておくわ。朝まで残すのはいやだから」

そこでふたりは食卓を片づけはじめ、ほとんど終わりかけたとき、電話が鳴った。

ジョージは手を休めて「ぼくが出る」と言いながら時計を見た。真夜中をすぎている。

「ビセットの子供が、クループらしい」ジョージは診察かばんをとりに書斎へ歩いた。「起きてなくていいからね」

ジョージの背後でドアが静かに閉まると、フィーベは疲れたように鼻を鳴らした。食堂をきれいにしてからケトルを火にかけ、お茶をいれた。そしてビューティを庭へ出してやり、高価なキッドの靴を蹴《け》るように脱いだ。

お茶で元気をとり戻すと、フィーベはミセス・サスクの特別の布で慎重に銀器をふいた。グラスはいくつあるとも知れなかったが、こちらも磨きあげた。食堂のガラス扉の食器棚にグラスをしまい、銀器はベーズ布をはった箱にていねいにしまった。皿を片づけ、シチュー鍋《なべ》にとりかかったのは一時だった。

三十分後、ジョージが足音を忍ばせて帰ってきた。彼は書斎に入り、窓の錠をおろし、廊下に出て台所へ近づいてきた。

「おいおい、どうしたんだい?」フィーベの手からふきんをとり、両手でフィーベを抱きすくめた。フィーベはジョージのベストに顔を埋《うず》めた。なぜか無性に涙がこぼれそうになった。ここでキスされたらどうなっていたかわからないところだったが、ジョージはただフィーベの肩をぽんと叩《たた》いて優しく声をかけただけだった。「もういい。あとはぼくがやる」フィーベが抗議しようとすると彼は続けた。「いや、議論はなしだ。コックはやすむ時間だよ」

そこまで言われると異存はなかった。フィーベはおやすみを言い、ベッドに入ると、気持よさそうにあくびをして眠りについた。

翌日、朝食を食べながら、フィーベはビセットの子供の容態をたずね、ジョージが夜中の四時ごろ、また外出したことを初めて知った。小さな病人と母親をストウマーケットの大きな病院に送っていったという。「じゃ、ぜんぜん寝てないのね！」フィーベは心配そうな声を出した。「今日が日曜でよかったわ」

「どこかへ出かけないでいいのかい？」

「ええ、庭へ出て新聞でも読みましょう。お昼をすませてからね」フィーベは急いでつけ加えた。ジョージは日曜日ごとに教会へ行くのが習慣だったからだ。村の通りをふたりで歩くのは楽しかったし、ジョージの低い声や、マシュウズ牧師の説教を熱心に聞く姿が好きだった。

教会から戻るとふたりはコーヒーを飲み、ミセス・サスクに食事を運んでからビューティを散歩に連れ出した。散歩をすませるとジョージは手あたりしだいにあり合わせのものをトレイにのせて庭へ持ち出し、ふたりはピクニック気分で食事をしながら日曜日の新聞に目を通した。ジョージは芝生の上に大の字になって昼寝をはじめた。わずかに開いた口からかすかないびきがもれる。フィーベは愛に光り輝く顔でしばらく夫の寝顔を見ていたが、やがて静かに立ち、すべてを室内に運び入れた。洗うのはあとにしよう。フィーベは庭に戻り、夫のそばに座った。その膝にビューティが頭をのせる。ひととき、世界は美しく、フィーベは満ち足りた思いだった。

その日の夕方、ミセス・プリチャードから電話があった。八月から二ヵ月ほどイギリスに来るという。

「グランチェスターに行く前に、よかったら何日かお邪魔したいのよ。早く行きたいんだけど、お祖母《ばあ》さまの具合がよくなくて、回復するまでそばにいてほしいと言ってるの」

夜はミセス・プリチャードの来訪や新聞記事を話題にしてすごした。夕食のミックスグリルはル・コルドン・ブルーには及びもしないが、ジョージはすっかり平らげてしまい、フィーベはおおいに満足した。

ミセス・サスクは翌朝になるともう元気になり、どうしても台所へ立ちたいと言い張った。

「お昼がすんでからね」フィーベは言い聞かせた。「スーザンがよくやってくれるから心配はないのよ。先生は往診のあとそのままケンブリッジへ出かけて、戻るのは早くてもお茶の時間をすぎてからだし」

「それなら夕食の支度をしましょう」ミセス・サスクは頑固に言った。

「それじゃ、お願いするわ」フィーベは根負けした。「あなたの料理が食べられなくて、とても寂しかったのよ」

それを聞いたとたん、家政婦の顔はゆるみ、うれしそうににっこり笑った。

平穏な一週間が流れていった。しかしフィーベは、週末にはわくわくするようなことはひとつもなかったと認めざるをえなかった。診察の手伝いや、家や庭の手入れ、ビューティを散歩に連れ出すなど、毎日は確かに忙しかった。そのうえ日々の買い物や支払いなどもあり、いまではぼんやりしていられる時間が極端に減っていた。このまま毎日がすぎていってもフィーベは幸せ——ほとんど幸せだった。夏はいよいよ本番を迎え、どんなに楽しいことが起きても不思議はない。

ある月曜日の朝、診察を終えてジョージが往診に出て間もなく、一台の黒いメルセデスが村の通りを走ってきて、家の前にぴたりととまった。フィーベは肉屋を出て通りを歩きながら、だれの車だろうかと思った。病人かしら？　足を速めて近づくと、車のドアが開き、カスパーが、続いてコリーナが降りてきた。

フィーベは口をぽかんと開け、自分の目が信じられない思いで立ち尽くした。カスパーはうれしそうに「やあ」と声をかけた。フィーベはコリーナを見た。キャミソールとパンツスーツに身を包み、輝くばかりだ。フィーベはやっとのことで口を開いた。

「びっくりしたわ！　ジョージったら、わたしに話すのを忘れてたのね……」

「いや、驚かそうと思って黙ってやってきたのさ。休暇となれば、イギリスのジョージと魅力たっぷりの新妻のところへ行くことしか思いつかなくてね」

フィーベは肉屋へ戻ってステーキ用の肉を買い足さなくてはということしか考えられなかった。「中へどうぞ。ジョージは往診だけどすぐ戻るわ。泊まっていらっしゃるでしょう？」

コリーナが笑いだした。「もちろんよ、ほかに行くあてはないんだもの」コリーナは周りを見回した。「静かな、いかにもイギリスの村って感じね。カスパー、荷物を運んでよ。コーヒーが飲みたいわ」

フィーベはふたりを中へ入れた。「居間へ行ってて。ミセス・サスクにコーヒーを頼んでくるわ」フィーベは台所へ歩きながらカスパーの運ぶスーツケースに目を向けまいとした。ひと月分の荷物だわ！　気分は沈みこんでいた。

台所ではミセス・サスクがスーザンの持ってきたそら豆の殻をとっていたが、フィーベの顔を見るなりたずねた。「どうかしたんですか、奥さま?」

「思いがけないお客さまよ。先生のいとこと……古いお友だちがオランダから来たの。泊まるつもりよ。コーヒーを出してくれる? わたしはもっと肉を買ってこなくちゃ。部屋は裏手のふたつ、あれでいいわ」

フィーベの調子がいつもと違うので家政婦は即座に答えた。「ご心配いりませんよ。で、お昼は四人分用意しますか? お客さまの相手をしていらっしゃい、コーヒーはすぐにお出ししますわ。肉屋へはスーザンを行かせますから」

フィーベが居間でカスパーの陽気な旅の話を聞かされていると、ミセス・サスクがコーヒーを運んできて、鋭い目で客をじろじろ見てからさがった。

「あの人、機嫌が悪いの?」コリーナがたずねた。

フィーベは頼りがいのある家政婦を守ろうとした。「まあ、どうしてそんなことを? とてもうまく家の切り盛りができる人よ。お料理も上手だし。ジョージもわたしも、友人だと思ってるの」

コリーナはあきれたように両手をあげた。「初めて会ったものだから。なんとなくそう思っただけよ」

カスパーはコーヒーを飲みながらにやにやしている。こんな男性のどこが魅力的だなんて思ったのかしら。ここではカスパーもコリーナも、すっかり場違いな感じだわ、とフィーベは思った。

コリーナはカップを置いた。「お昼の前にシャワーを浴びたいわ。わたし、どこで寝るの? 前に来たときは横手の広い部屋だったけど」

「二階へ案内しますわ。カスパーがスーツケースを運んでくれるかしら?」

カスパーは笑った。「スーツケースと言ったって一個じゃないんだ。コリーナはひと月分の荷物を持たなきゃ旅ができないんだから！」

フィーベは先に立って二階へあがった。

「まあ、いやだ、裏側なのね」コリーナが不愉快そうに言った。「狭い部屋ね。きっと浴室も共用なんでしょう？」

「申し訳ありませんけど」フィーベはていねいな口調で言った。「でもすぐ隣だし、ほかにはカスパーが使うだけだから」

「ほかにも浴室はあるんでしょう、あなたとジョージが使うのが」

フィーベは正直な人間だったが、なんのやましさも覚えずに、すらすらと嘘《うそ》が口をついて出た。「それが、水道管の具合がおかしくて、しばらくは使えないのよ」フィーベはコリーナの部屋をざっと見回した。「お昼は一時よ、おりてきてね」

フィーベは階下へおりた。コリーナの不機嫌な顔から逃れられてほっとした。カスパーはくつろいでシェリーを飲んでいる。

「どうやら驚かしたらしいね、フィーベ。コリーナはいったん妙な考えにとりつかれると、何を言ってきかないんだ。それに白状すると、きみの若奥さまぶりはぼくも気にかかってたしね」彼はにやりと笑った。「きみに会いたかったというのが、ぼくの偽らざる気持だな」

フィーベは冷ややかにカスパーを見た。「ひとりで飲んでてね。食事の支度を見てくるわ」

食堂へ入るといつものように食卓の準備にかかったが、ジョージが戻ってくるときには迎えに出たかったので、あわてはしなかった。窓の外へふと目をやると、メルセデスがまだ家の前にある。フィーベは急いでカスパーのところへ行った。

「車を移動させて。この道の先にあき地があるから当分そこへ入れておくといいわ。家の前はジョージのためにあけておくことになってるの」

「おおせのままに、いとしいフィーベ」カスパーはシェリーを飲み干すとドアから出ていった。そこへミセス・サスクが入ってきた。

「お泊まりは長いんでしょうか?」

「わからないわ」フィーベは子供のように泣きだしたい思いだった。「先生からきいてもらいましょう。スーザンに、毎日片づけに来てくれるか、きいておかなくちゃ。あなただけでは大変ですものね。わたしもできるだけ手伝うけど……あら、ジョージが帰ってきたわ」

フィーベが玄関へ出るのとジョージがドアを開けるのは同時だった。フィーベが口を開くより早くコリーナの声が二階から降ってきた。「びっくりしたでしょう? ちょっと元気づけに来てあげたわよ」

ジョージの表情――いつもの落ち着いた表情は少しも変わらなかった。足をとめてフィーベの頬に軽くキスすると玄関に入った。

「だれに連れてきてもらった?」彼は穏やかな口調でたずねた。

「カスパーよ。そのへんにいるはずだわ」

「車をあき地に入れに行ったの」フィーベはコリーナがジョージに抱きついてキスするのを見ていた。

コリーナは着替えをすませていた――鮮やかな緑のセーターで、化粧も髪も非の打ちどころがない。フィーベは顔や髪をいじる暇がなかったので、なんとなくみすぼらしくなったような気分だった。

ジョージは首からコリーナの手をほどいた。「さて、一杯飲むか」ちらりとフィーベに目をやり、かすかに微笑した。「昼食は?」

「あと十分ほどで。ミセス・サスクの様子をさっきのぞいたばかりよ」

「ねえ、ジョージ」コリーナが甘ったるい声を出した。「フィーベって信じられないくらい親切なのよ」

それは本当だとジョージは言って、わがもの顔に家に入ってきたカスパーを出迎えた。フィーベはミセス・サスクを捜しに行った。

賢明な家政婦は意見を差し控えた。昼食はできあがっており、シュリンプカクテルまでつくってあった。「これも出しますわ。食後には大黄《ルバーブ》のタルトを用意してあります。夕食のデザートにはクリームケーキをつくりましょう。夕食もここで召しあがるんでしょう?」

「そうでしょうね。なるべく早くはっきりさせるけど」

「それで、先生と奥さまは今夜あのコンサートにいらっしゃるんですか?」

フィーベはすっかり忘れていた。「そうだったわね。あと二枚くらい切符は手に入るでしょう。約束だから行かなくちゃならないわ。友愛同盟の催しだし、特に招待を受けたんだから」

フィーベは居間へ戻り、ジョージにシェリーをついでもらって、カスパーと話しはじめた。ジョージはコリーナが独占しており、何やらオランダ語でしゃべっている。フィーベはカスパーの話を半分も聞いていなかった。コリーナがどんなことを言っているのかとても気になる。ミセス・サスクが食事の支度ができたと言いに来てくれて、フィーベはほっとした。

食卓でジョージはなにげなく言った。「フィーベ、コリーナとカスパーは一週間はうちにいるそうだよ」

フィーベは愕然《がくぜん》とした。その思いが顔に出なかったろうかと心配だった。「すてきだわ。その間に、どこかへご案内しなければね。このあたりは田舎だけど、とてもきれいだから……」

コリーナはけたたましく笑った。「田舎なんて! うんざりだわ。わたしはショッピングするか、レストランへ行くのがいいわ」

「今夜からさっそくはじめよう」ジョージはいつものように平然としている。「フィーベとぼくはコンサートに招かれているんだ。ぜひ行きたいと思っている。あと二枚、切符を手に入れようか?」

「どんなコンサート?」カスパーがたずねた。

「オーケストラとピアノだ」

コリーナはぞっとしない顔つきだ。「ピアノ? ポップスじゃないの? ここにはクラブはないの?」

「さあ、気がつかなかったが、調べてみよう。カスパーとふたりで踊りに行くといい」

コリーナが口をとがらした。「あなたは?」

「ぼくは静かな夜のほうがいい」ジョージははっきり言った。

「きみはどうする、フィーベ?」カスパーがたずねた。

「わたしはジョージのするとおりに。ね、コーヒーでもいかが? 急がないんでしょう、ジョージ?」

「三十分くらいなら時間がある。切符のほうは手配しよう」ジョージが言った。

コーヒーを飲みながらもコリーナはジョージと踊ったとか食事したとか、あるいはフィーベの知らない人物を話題にして会話の主導権を握って放さなかった。これ以上笑っていると顔がこわばりそうだわ、とフィーベは思った。コリーナが往診に連れていってほしいと言ったが、ジョージはきっぱり断った。

「連れていくとしたらフィーベだけだ。看護師だからね」

コリーナはジョージが出かけると退屈そうにした。

「二階でちょっと眠るわ。四時にお茶を持ってきてくれるかしら」

「お茶の時間に起こしてあげるわ」フィーベは言った。「お茶は居間で飲むの」コリーナが出ていくとフィーベは席を立った。「することがあるので……お茶の時間にまた会いましょう」

カスパーは目を丸くして笑った。「ぼくらの存在が気に食わないみたいだね！」

フィーベはカスパーの前に立った。「そんなことはないとは言わないわ。でもジョージのお客さまだから、楽しんでもらえるよう努力はするつもりよ」

「とげのある言い方だな。ジョージがそのとげで刺されなければいいけど」

台所ではミセス・サスクが山ほど皿を洗っていた。

「わたしがふくわ。その間に、明日の献立を考えましょう。お客さまはいっしょに朝食をとるけど、でもコリーナはきっとベッドでって言いだすわ。だけど予告もなしに現れたんだから、ジョージと同じ時刻に食事をしてもらうつもりよ」

「当然ですとも」ミセス・サスクも賛成した。「明日は魚でどうでしょう？　冷蔵庫に鱒《ます》と、じゃがいもとえんどう豆が入ってますよ。デザートにはプディングがありますわ」

「ごちそうね。今夜は七時きっかりにしてね。コンサートは八時半からだから」

「トマトスープ、ラムチョップ、グリーンサラダ、デザートはアイスクリーム。いいですか？」

「申し分なしね。だれか手伝いに来てもらいましょうか？　一週間は長いから……」

家政婦はフィーベの沈んだ顔をちらりと見た。

「あっという間ですよ。スーザンがいるから大丈夫。あのおふたりは暇なら散歩にでも出かけるといいんです。だって、おふたりは……」

「そんな仲ではないみたい……よく知らないけど。古くからの知り合いであることは確かね」

ミセス・サスクは鼻を鳴らし、何か言ったが、フィーベには聞きとれなかった。

ベッドの中で、フィーベは不愉快に終わったその晩を思い返した。コリーナは食事の時間に遅れて一同を待たせたあげく、まず一杯飲まなければと言い張った。おまけにラムチョップはいやだ、オムレツにしてほしいと言いだし、コンサートに出かけるのが遅れてしまった。会場がさほど遠くなかったのが不幸中の幸いだった。それでも開演ぎりぎりに席につくのがやっとだった。フィーベはベッドに起きあがり、突きあげてくる怒りにかられて枕《まくら》をめちゃくちゃに叩いた。コリーナはふたりの男性にはさまれて座り、気がつくとフィーベはジョージと離れてカスパーの横に座らされていた。音楽など少しも耳に入らず、来るのではなかったと後悔した。コンサートが終わるとジョージがふたりを先に行かせ、腕を組んでくれたのがせめてもの慰めだった。

「コンサートは楽しかった？」ジョージはたずねた。

「ええ、とても……協奏曲がよかったわ」

「明日は客人をどうしたものかな。何か考えでもあるかい？」ふたりの歩みはずいぶんのんびりしており、人の波がコリーナやカスパーとふたりを隔ててしまった。

「別に。あの人たち、田舎を散歩するなんて気はないでしょうね？」

ジョージは吹き出した。「コリーナが、十センチもあるヒールでかい？　明日は赤ん坊の予防接種だからきみに手伝ってもらわなきゃならない。彼らは彼らでやってもらうしかないね」そう言ってあまりに優しい目で見たので、フィーベの喉に涙の塊がこみあげた。突然、幸福感に満たされて、フィーベは微笑を返した。しかしそれもつかの間のことだった。コリーナがいらいらした様子で引き返してきて、ジョージの腕をつかみ、一時間ほどダンスのできるぱっとした店はないかとたずねた。

ジョージはきっぱりと、そんな店は知らないと答えた。「きみは忘れているようだが、ぼくは明日も仕事があるんだ」ジョージの言葉はフィーベを慰めた――小さな慰めではあったが。

寝苦しい一夜が明けて、はれぼったい目でフィーベが一階へおりると、ジョージはもう食卓についていた。ジョージは「おはよう」と声をかけ、フィーベが席につくとまた郵便物に目を落としたが、やがて顔をあげた。「カスパーとコリーナは？」

「朝早くお茶を飲んだわ。朝食は七時半だって知ってるはずよ」

ジョージは椅子の背にもたれ、ゆっくりと微笑した。「きみの中にはぼくがまだのぞいたことのない深みがあるようだね」

フィーベはそれには答えず、コーヒーをつぎ、トーストにバターをぬって朝食をはじめた。十分後、カスパーが現れた。朝は弱いようだわ、とフィーベは思った。顔ははれぼったく、魅力のかけらもない。よく眠れたかとたずねながらフィーベは彼にコーヒーをつぎ、トーストとゆで卵を出した。

「コリーナに声をかけたけど」カスパーはむっつりと言った。「まだベッドの中だった」

「だらしないわね」ジョージが驚いて見たが、フィーベは視線を避けた。「一時間もすれば診察がはじまるわ。おふたりで外出するときはミセス・サスクに声をかけておいてね、昼食の支度があるから。それじゃ、わたしは失礼するわ。台所でミセス・サスクを手伝わなきゃ……」

そのあとフィーベが食堂へ戻ると、ジョージは診察室へ消えていたが、カスパーはまだたばこをふかしていた。「食卓を片づけるわ。新聞は居間にありますから」

カスパーはげらげら笑った。「コリーナの朝食はどうなるんだい？」

「悪いけど、ジョージの都合に合わせてうちはやっているの。コリーナもコーヒーの時間にはおりてくるでしょう」

フィーべは白衣に着替えて待合室へ行った。そしていつものように患者の相手をしたり、カルテを記入したり、赤ん坊を裸にしたり、夏でも冬でもたっぷり重ね着をしている老婦人ミセス・オークスの痛む胸をジョージが診やすいように、服を脱がせたりした。

診察はいつもより時間がかかった。ジョージが机で書き物をしている間に、フィーべは片づけをした。ジョージは何も言わないし、フィーべは朝食のときのきつい口調を後悔して、やはり黙っていた。ふたりはほどなく居間へ戻った。すると、檻《おり》の中の美しい虎《とら》のように、コリーナがいらいらと室内を歩き回っていた。カスパーは新聞を読んでいる。

「はっきり言わせてもらうけど……」そのあとはオランダ語があふれ出た。コリーナはフィーべを完全に無視していた。

ジョージは英語で答えた。「わかってないね。ぼくは働かなければ食べていけないんだよ。フィーべも手伝ってくれてるんだ。貴重な時間をむだにさせないでほしいね。どうだい、村でも散歩したら？　たぶん昼からなら……」

「往診についていくわ」コリーナはにっこり笑った。

「だめだ」ジョージはフィーべを見た。「コーヒーを頼むよ」

その一日は落ち着かなくすぎた。コリーナはむっつりとしていて、元気づくのはジョージと顔を合わせるときだけだった。とんだ一日だったわ、と思いながらフィーべはベッドに入った。

翌日、フィーべは招かれざる客のために最善を尽くした。カスパーに頼んでケンブリッジまで車で出かけ、町を案内したあと昼食をとった。コリーナがあの店この店と足をとめては結局手ぶらで出てくるのを、我慢強くこらえもした。

「ロンドンへ行かなきゃだめだわ」コリーナは不機嫌そうに言った。

フィーベは何も言わなかった。

その次の日はピクニックに出かけたが、雨に降られるなど、さんざんな目に遭った。さらに次の日となるとフィーベはもう何をするとも思いつけず、ケンブリッジへ映画でも見に行こうかと提案した。ジョージのためにはそれがいいだろうとフィーベは思ったのだ。コリーナが活気づき、微笑すらのぞかせるのは、夕方、ジョージが往診から戻ってきたときだけだった。

夕食のあと、フィーベは気乗りのしないままカスパーのおしゃべりに耳を傾けながら、コリーナがジョージに愛嬌《あいきょう》を振りまいているのを気にすまいと心がけた。一週間がすぎ去ろうというのに、だれひとり、そろそろ引きあげようと言いださない。

そのとき、ジョージがなにげない調子で言った。

「ところでいま、はしかがはやっててね。移りやすいんだ。子供はかかってもたいしたことはないが、大人の場合だと厄介なんだ」

「わたし、まだはしかはやってないわ」コリーナがはっとソファに座り直した。「危険なの?」

「命がどうこうということはないが、胸や目をやられることもあるし、髪が抜けたりもするな」

「ここにはいられないわね、頼まれてもごめんだわ。カスパー、明日、ロンドンまで車で送ってよ」コリーナは射るような目でジョージを見た。「患者は診察室へ来るんでしょう?」

ジョージは肩をすくめた。「ああ」

「朝食がすんだらすぐ出発しましょう」

フィーベは無言でそのやりとりを聞いていた。こんなに愉快なニュースは生まれて初めて耳にする思いだった。

8

その夜は活発な議論が交わされた。ジョージは忍耐強く愛想がよかった。カスパーはおもしろがり、コリーナはすねた。会話の大部分はオランダ語だったので、フィーベはほとんど黙っていた。コーヒーを出し、時間に起こすよう頼まれると、コリーナの荷造りを手伝おうかと申し出た。

コリーナは拒否した。「あんな狭い部屋にふたりも入れないわ」皮肉っぽく言ってコリーナはまたジョージに話しかけた。「ロンドンへいらっしゃいよ。ダンスをしたり、上品なレストランで食事を楽しんだりしたいわ」

ジョージは優しくほほ笑んだ。「ダンスはカスパーのほうがうまいし、ぼくらは忙しいんだよ」

コリーナは意地悪くフィーベをにらんだ。「縛りつけられてるってわけ？」彼女は声をあげて笑った。

翌朝、メルセデスが走り去るのを見送りながら、フィーベはおおいに満足だった。確かにいい女主人ではなかったけれど、コリーナは輪をかけて陰険だった。フィーベが家の中に戻ると食堂からミセス・サスクが顔を出した。

「みなさん帰られてよかったですね、奥さま。お昼はチーズスフレとアスパラガスでいいでしょうか？スーザンがいちごを持ってきましたけど……」

「すてきだわ！」フィーベは踊るように二階へあがり、ベッドからシーツやカバーをはがした。陽光が暖かく降り注ぎ、すばらしい一日になりそうだ。

ジョージが鈴を鳴らし、手を貸してほしいと合図を送ってきたとき、フィーベはコリーナやカスパーの滞在中、ほとんど夫と口をきいていなかったことに思いあたった。フィーベは食事の手配や部屋の掃除に忙殺されていたのだ。急いで白衣を身につけると、待合室を抜けて診察室へ入った。中では母親が涙ぐみ、小さな男の子が泣き叫んでいた。

「ロニーを押さえていてくれるかい？」

フィーベは若い母親に笑顔を見せ、その膝から足をばたつかせて暴れる少年を抱きとって自分の膝にのせた。フィーベは小柄だが力は強かった。その間にジョージは少年の口を開け、スパチュラで舌を押さえた。

「やはり、はしかですね、ミセス・ワット。ベッドに寝かせて、赤ちゃんに近づけないよう注意しなさい。あとで薬を持っていくから、そのときに赤ちゃんも診てみましょう」ミセス・ワットがロニーを連れて出ていくと、ジョージは言った。「今朝はこれで三人目……木曜日からだと九人目だ。ほとんどの子は予防接種をすませているから、まあよかったよ。

次の患者を入れてくれるかい？」

診察がすんで、あとの整理に二十分ほどかかった。「コーヒーをいれるわ」フィーベが居間へ戻ると、ミセス・サスクがすでにコーヒーの用意をしていた。

「客がいなくなると静かだな」フィーベがコーヒーをついでいると、ジョージが言った。

「本当に。でもあなたは退屈でしょう」言わずもがなの言葉が口をついて出た。

「退屈？」

「だって、コリーナは……とても生き生きしているし、楽しいし、きれいだし……カスパーもおもしろい人だから」

「そう思ってるのかい？　まるで反対の印象を受けているものと思ってたよ」

フィーベは震える手でコーヒーのカップを置いた。

「それは……食事のこととか、いろいろ気にかかっていたからじゃないかしら」

「じゃ、ぼくがきみをよく理解していなかったわけだな」

フィーベは、めったにないことだが、怒りが頭をもたげてくるのを感じた。「そうらしいわね。経験豊富な女主人だとでも思っていらしたのなら、おあいにくさま。でもあなたにはなんの関係もないことよね、余分な食事の支度やベッドの用意も、掃除も。しじゅうコーヒーを出さなきゃいけない、洗い物は山ほどある、サラダもつくらなきゃならない、食卓の準備もある！」

ジョージはカップを置いた。フィーベは夫が笑いだすのを見てかっとなった。

「悪かったよ、フィーベ。年の若い客が来ればきみの気晴らしになるかと思ったんだ。そんなに用が増えるとは思ってもいなかった」

もうたくさん！　フィーベは立ちあがると足音も荒く二階へ駆けあがった。ジョージが笑ったりしなければよかったのよ、とフィーベは考えた。抑えていた涙があふれ出て頬を伝い落ちた。

昼食のとき、平静をとり戻したフィーベは、はしかのことや、近くに住むジョージの友人から食事に招かれたことなどを話題にした。

そのすべてに、ジョージは落ち着いて答えたが、腹の中ではおもしろがっているのではないだろうかとフィーベは気になった。食事の終わるころ、ジョージがなにげなく言った。「夕方は町に出ようか。カスパーやコリーナと食事をして踊りに行ってもいいな。この一週間しっかり働いてくれたきみへのささやかなごほうびだよ、フィーベ」

気をつけて抑えこんでいた怒りがふたたびこみあげてきた。あのいやなふたりはほんの数時間前にいなくなったばかりだというのに、そのあとを追いかけようというのね。きっとコリーナと示し合わせてたんだわ。

「いい考えね。いつ、出かけるの？」

ジョージは半ば閉じたまぶたの奥からフィーベを見つめた。「土曜日は？　どこかで待ち合わせよう。ロンドンのサボイあたりでどうだい？」

「すてき」フィーベの口調はこわばっていた。「さあ、ミセス・ダウンの様子を見てこようかしら……猫のことで気をもんでるのよ」探るような夫の視線に気づいて続けた。「猫が餌《えさ》を食べないんですって。病気なら獣医を世話してあげないと」

「幸せかい、フィーベ？」突然ジョージがたずねた。

「わたし？」フィーベは目をそらした。「ええ、ありがとう、ジョージ」

「なぜ礼なんて言うんだ？　ぼくは礼を言われる値打ちなんかない……結婚を後悔してるんじゃないのかい？」

その質問には正直に答えられた。「とんでもない。ここの生活は気に入ってるわ。きれいな村だし、村の人はみんな親切だし」ジョージに見つめられると、何かばかげたことを口にしたような気がして、フィーベは眉をひそめた。「ほとんど一日、診察はあるし家事もあるわ。退屈してる暇なんかないんですもの」

「満足してるのかい？」

していないわ、と舌の先まで出かけた。わたしがあなたを愛してるのと同じくらい愛してくれなければ満足なんかできないわ。「とてもね」そしてふとつけ加えた。「お義母《かあ》さまも好きだし……」あまりにも唐突だったので、フィーベは口ごもりながら、ちょっとほほ笑んでみせた。「ミセス・ダウンのところへ行ってくるわ……」

ミセス・ダウンの家へ歩きながら、フィーベは自分がはしかにかかればいいと思った。そうすればジョージはひとりでロンドンへ行くことになるだろう。

当日、フィーベはオランダで着たドレスを身につけ、玄関で待っていたジョージのそばへおりていった。一日じゅう、急患があればいいと願っていた。だれかが苦しめばいいというのではない。それに土曜日の午後は休診なので、急病人が出たらよその医者へ運ばれることになっている。しかし村は平和そのもので、フィーベは罪の意識を感じながら車に乗りこんだ。

美しい晩だった。道はすいていた。サボイに車をとめたのは約束の時間きっかりだった。途中、ふたりの間にはこれといった話題は出なかった。自分の装いについて何か言ってくれればいいのにとフィーベは思っていたが、いつものように〝すてきなドレスだね〃のひと言しか聞けなかった。ヘアスタイルを変えたのも気づかないのだ。

カスパーとコリーナはホテルのバーにいた。コリーナは顔を合わせるなり言った。「フィーベ、また同じドレスを着てるのね。もちろん、あまりドレスアップする機会はないんでしょうけど」と甘ったるく笑って、ジョージにキスした。そのせいでフィーベはカスパーの大仰な挨拶《あいさつ》にも耐えられた。

フィーベはコリーナにほほ笑み返しながら、静かな口調で言った。「そうね、これが大事なお客さまの相手なら、新しいドレスにするところでしょうけど」フィーベはコリーナのピンクのドレスをじろじろと眺め回した。「まだ買い物はしてないの？」そしてカスパーにほほ笑みかけた。「飲み物がほしいわ。ジントニックをお願いできるかしら」

ジントニックを飲むのは初めてだった。においがガソリン臭くて嫌っていたのだが、愛飲する人があれほど多いところをみると、きっと味わいがあるに違いない……。

ひと口飲んだ。予想どおりひどい味だ。しかしジョージが薄笑いを浮かべて見ているので、フィーベはもうひと口含み「おいしいわ」とつぶやいた。

しばらく飲んでから一同はレストランに移った。その豪華さにフィーベは胸がわくわくするのを禁じえなかった。ジョージとふたりきりだったら、思わず声をあげていただろう。しかしほかの三人はあたり前のように平然としている。フィーベはジョージのアドバイスを受けて料理を選んだ。コリーナは文句を並べ立てながら、いらいらと料理をつついた。フィーベは家で出したずっと素朴な田舎料理を、コリーナはいったいどう思っていたのだろうと考えた。コリーナががりがりにやせているのも無理はない。それにしてもなんというむだ！　料理もお金もだ。

四人はシャンパンを飲んでいたが、コリーナはもう一本あけようと言いだし、椅子を引いた。「ジョージ、踊りましょうよ」

フィーベが見ぬふりをしていると、ジョージは立ってダンスフロアに出ていった。ふたりとも足首でも捻挫《ねんざ》するといいわ――フィーベはそんなことを考える自分が怖かった。

「踊るかい？」カスパーがたずねた。

「まだいいわ。コーヒーが飲みたいの」

カスパーはコーヒーを注文し、にやにや笑ってフィーベを見た。なんだってあんなに笑うのかしら。

「ロンドンにはいつまでいるの？」

「二、三日だろうと思うよ。コリーナのショッピングしだいさ。そうじゃなければ、ぼくとコリーナがお互い相手にどこまで我慢できるか、しだいかな」

フィーベはびっくりした。「だって、あなた方は古いつき合いなんでしょう？」

「そういうことになっているらしいね。フィーベ、きみは幸せかい？」

フィーベはコーヒーに砂糖を入れた。「ええ、とてもね！　どうしてそんなことをきくの？」

カスパーは肩をすくめた。「ジョージが身を固めるまで、ずいぶん時間がかかった。独身生活に不満はないのかと思ってたよ。でもやっぱり、代償作用が働くものだね」

フィーベは静かに言った。「そのようね。それは世の中のどんなことについても言えるんじゃないかしら。このお店にはよく来るの？　すてきなところね」

「その落ち着いた顔の裏にはいったい何があるんだろうね」カスパーは小声で笑った。

フィーベは答えず、カップを置いた。「踊りたくなったわ」

ダンスフロアはこんでいたが、ジョージとコリーナはすぐに見つかった。コリーナはひとりで笑ったりしゃべったりしている。フィーベは目をそらし、ダンスに気持を集中させた。

テーブルへ戻るとジョージたちはすでに席に帰っており、ジョージはコーヒー、コリーナはシャンパンを飲んでいた。コリーナはくすくす笑った。「フイーベ、わたし、ジョージにナイトクラブに連れていってもらうわ。ジョージも行きたいって。あなたは行ったことないんでしょう？　カスパーにあなたの村まで送ってもらったらいいわ」

「コリーナ、シャンパンを飲みすぎたようだね」ジョージは冷静な声で言った。「自分が何を言ってるのかわからないらしいな。ぼくはきみをどこにも連れていかない。妻と踊ってぼくたちの村へ帰る。きみはどこへでもカスパーに案内してもらうんだね」

「カスパーとなら行きたくないわ」

「コーヒーでも飲みなさい」ジョージは立った。

「踊らないか、フィーベ？」

フィーベはジョージの腕に抱かれ、その胸に頬を寄せて幸せな時をすごした。ジョージは苦もなく上手に踊ってみせた。フィーベはひと言も口をさかず、漂うように踊った。

「楽しいかい、フィーベ？」

すてきな声だわ。深みがあって、落ち着いていて温かい。「とても。こんなところへ来たのは初めてよ」フィーベはジョージの落ち着いた顔を見あげた。「ジョージ、ナイトクラブに行きたいのなら、わたしはかまわないわ」そして弁解するようにつけ足した。「わたしは行ったことがないの」なおも夫が無言でいるのでフィーベは続けた。「みんなの夜を台なしにしたくないわ」

「ぼくに言わせれば、すでに台なしになっているさ」

無言で踊りながらフィーベは、そうしたのは自分だろうかと考えた。ベイジルと出かけたパーティのときから少しも自分は変わっていない。内気でおどおどしていて、コリーナにも無礼な態度をとってしまった。もとはと言えばコリーナが傲慢《ごうまん》だったからだが、美しい女性は多少のことなら大目に見られるのだ。

テーブルへ戻るとカスパーとコリーナは笑ったりささやき合ったりしていた。「夜の巷《ちまた》へ繰り出すことにしたよ」カスパーが言った。「コリーナは、ジョージがだめならぼくで間に合わせるってさ」

ジョージは立ったまま、ふたりにほほ笑みかけた。「それはよかった。オランダに帰るときは知らせてほしいね」コリーナの頬にキスした。「楽しい晩だったよ」ジョージはカスパーと握手し、女性同士が互いの両頬をさっとかすめ合うのを待った。カスパーはことさら長々とフィーベにキスした。カスパーとコリーナは手を振りながらテーブルを離れ、レストランを出ていった。

ジョージが勘定をすませるとふたりは車に乗りこみ、静まり返った通りを走った。劇場はとうに観客を吐き出しており、もう人影は少なかった。タワー・ハムレットをすぎ、チェムズフォード・ロードに差しかかったころ、ジョージが口を開いた。

「あのふたりが結婚すればいいんだ。共通点がいくらもあるんだからね。まあ、つき合いが長いから新鮮さには欠けるが……それにカスパーはきみに気があるみたいだしね」

居心地よく体を丸めていたフィーベはさっと座り直した。「どういう意味？　あなたこそコリーナに気があるんじゃないの！」言ったとたんにフィーベは舌をかみ切りたくなった。「ばかげてるわね」しかしジョージが黙っているので、フィーベはふたたびよけいなことを口走った。「コリーナのほうはあなたに夢中だわ」

ジョージの声はおもしろがっているようにしか聞こえなかった。「コリーナは知り合いならだれにでも執着するタイプさ」彼はくすくす笑った。「きみがそんなことを考えるとは、ぼくとしては喜ぶべきかもしれないな」

フィーベは何かぼそぼそとつぶやいた。ジョージは冗談めかしているが、フィーベにとっては冗談どころではなかった。怒って、恐れとみじめな心を吐き出したかったが、できなかった。それをすれば、いつもはおとなしいフィーベがどうしたのだろうとジョージが心配するに違いない。

「何か言いたいんじゃないのかい、フィーベ？」ジョージが静かにたずねた。

フィーベはうつろな笑い声をあげた。「ばかげた考えよね？　一夜の慰みだったのよ」話題を変えようとしてフィーベは言った。「サボイがあんなにすてきだとは知らなかったわ。あなたはよく行くの？」

「たまにね。だがいまは診察に追われているから、あのまばゆい光ともしばしお別れになるだろうな」

「つまらない？」

「いや、ちっとも。まあ、気の合う相手といっしょなら、まだ魅力は感じるけどね」

ほら、またがだわ。まるで車の中にコリーナがいるみたいだ。さっさとオランダに帰ってくれればいいのに！　だめ、オランダは近すぎる。オーストラリアかブラジルへでも行けばいいんだわ。コリーナのことを知っていたら、ジョージと結婚したかしら？　そんな思いが一瞬、胸の中をよぎった。

チェムズフォードをすぎると、月光を浴びて静かな田園風景が広がっていた。「明日は晴れそうだね。一日、家でのんびりとすごそうか」

フィーベが熱をこめて賛成したので、ジョージはちらりと妻を見た。その横顔は言葉と裏腹に悲しみに曇っている。

ジョージは片手を妻の膝にのせた。「今夜はとてもきれいだよ」

「ありがとう」そう言う声はかすかだった。本心だろうか、それとも元気づけにすぎないのだろうか、とフィーベは思った。

「本気だよ」ジョージは車をとめた。不意に激しいキスを浴びせられて驚いたが、フィーベが何も言えないでいるうちに、ジョージはまた車を走らせた。

家はひっそりしていた。居間にはミセス・サスクがコーヒーを入れた魔法瓶とカップを用意しておいてくれた。

ジョージは腕時計をのぞいた。「もう遅いし、きみも疲れているだろうが、このところじっくり話し合う機会がなかった。コーヒーでも飲みながら話をしないか？」

フィーベは少しも疲れていなかった。一時間でも話し合えば以前のように友情らしきものがとり戻せるかもしれない。自分がジョージを愛しているのでなければ、コリーナのことがこんなに気にかかるはずはないわ、とフィーベは思った。

フィーベは安楽椅子に体を丸めると靴を蹴《け》るようにして脱いだ。ジョージがコーヒーをつぎ、フィーべの向かいに腰をおろした。足もとにはビューティがぴったりと寄り添う。

「月曜の朝まで、はしかの患者が出なければいいが」ジョージは妻にほほ笑みかけた。「少しははやったほうがいいのかな。予防接種を受け忘れていた母親たちに注意を促すことになりそうだから」

「症状の重い子はいないんでしょう？」

「ああ、ただ、よちよち歩きの幼児たちに感染しなければいいんだがね。スーザンはもうすませたのかな。ミセス・サスクとはうまくやってるかい？」

「とても仲がいいわ」フィーベは話題が変わってほっとした。ディナージャケットを着たジョージはなぜか遠い存在に思えた。話をしたいと言ったが、はしかについてではないだろう。結婚生活が期待したほどいいものではなかったとでも？　そんなことはないだろう。まだいくらも日がたっていないのだから結論を出すには早すぎる。コリーナのことかしら？　それもありえない。弁解が必要なことをジョージがしているはずはないのだ。

フィーベがあれこれ考えていると、不意にジョージが言った。「コリーナのことが知りたいんだろう？」

「いいえ」と言ったものの、フィーベはすぐにとり消したくなった。「コリーナとは古いつき合いなんでしょう？　きっと会えば楽しいはずよね」舌が勝手に動いていた。「きれいな人だし……いいえ、もうやめましょう、疲れたわ」

フィーベは素足のまま、二階へ駆けあがった。意外にもジョージは追ってこなかった。

翌朝、ジョージはなんの気まずさも感じていないかのように、あれこれと会話を交わし、朝食がすむとビューティを連れて散歩に出ると言った。フィーベはついていきたかったが、ジョージがいやがるだろうと思った。以前のような親しみのある生活は手の届かない彼方《かなた》へ去ってしまったようだった。すべては自分の愚かさのせいだ。

フィーベは結局、編み物を持って庭へ出た。太陽の照り輝く朝だった。庭の椅子に座り、くつろいでいるふりをしようと努めたが、うまくいかなかった。毛糸がこんがらかり、ほどいているところへジョージが戻ってきた。

ジョージはビューティを連れ、日曜版の新聞を小《こ》脇《わき》に抱えて、フィーベのそばに腰をおろした。

フィーベは毛糸を巻きながら言った。「コーヒーを持ってくるわ」

「ミセス・サスクが持ってくるよ。ぼくの帰りを見ていたからね」ジョージは目を閉じた。ビューティが芝の上に体を伸ばした。それは幸せな団欒《だんらん》の図に違いない。そこへミセス・サスクが現れた。

「ごゆっくりどうぞ。一、二時間ほど日曜版を読みふけるくらいのんきなことはありませんからね。奥さま、夕食にはコールドチキンのサラダを出しますよ」

「ありがとう」フィーベは満ち足りた女主人の役を演じようとしていた。「甥《おい》ごさんが早めに来るようだったら、洗い物は残しておいてね。すてきな日だから一刻もむだにしてほしくないわ」

ミセス・サスクはにっこり笑った。「時間までにはちゃんと片づけますよ。でも、ジェーンの誕生日なので、帰りは少し遅くなるかもしれませんわ」

ジョージは片目を開けた。「玄関のテーブルにジェーンへの小さなプレゼントが置いてあるよ、ミセス・サスク、黒ビールでもゆっくりやるんだね」

家政婦はくすくす笑った。「わたしがそんなものは嫌いだってことはよくご存じのくせに」

ジョージは両目を開けた。「だからゆっくりやりなさいと言ったのさ」

フィーベがコーヒーをいれると、ほどなくジョージは椅子の背にもたれ、眠りこんでしまった。その寝顔を見て、フィーベはなんてハンサムなのかしらと考えた。そして編み物を続けたが、暑さに負けて目を閉じてしまった。三十分もたったろうか、ふと目覚めると、ジョージはすでに起きており、新聞の端からじっとフィーベを見つめていた。

「あら、わたし、いびきをかいてた？」フィーベはジョージの返事を待たず、編み物を手にすると一心不乱に続きをはじめた。

「いいや、ぼくはきみの眠っているのを眺めていたんだ」そう言って魅力たっぷりにうっとりするような笑顔を見せたので、フィーベの心臓は一瞬とまり、続いて息ができないほど激しく打ちはじめた。「きみの寝顔を見るのは初めてだな。きみはいつも目覚めると、日のあるうちは精いっぱい働くんだから」

フィーベは呼吸を落ち着かせた。「それがわずらわしいとおっしゃるの？　わたしにはしなければならない用が山ほどあるし、しなくてもいいと言われても気がとがめて……。でも変わってみせるわ、きっとあなたの望む妻に」

「そんなことはしないでくれ。きみはいまのままでとてもすてきだよ」ジョージはまた新聞をとりあげた。「ところで、きみの靴を二階のきみの部屋に持っていっておいたよ」

フィーベは頬を赤く染めた。「あ、ありがとう。ゆうべのことは……ごめんなさい」

ジョージは妻の紅潮した顔をちらりと見て、目をまた新聞に戻した。「ぼくもあやまる。ただ、理由はまったく違うだろうけどね」

その理由をフィーベはききたかったが、ジョージはスポーツ面に没頭していた。フィーベは編み物に神経を集中した。たぶん、わたしが思うほど事態は悪化していないのだろう。コリーナは現れ、そして去った。しばらくの間は会うこともないだろう。その間に、わたしはジョージの心をしっかりとつかんでみせるわ。しかしフィーベはセクシーでもなく美人でもないので、どうすれば目的を達せられるか、わからなかった。ただ、ジョージの友人たちのよきもてなし役になり、必要なときには診察を手伝い、ジョージの話に耳を傾けることくらいしかできない。

その日は平穏にのんびりすぎていった。ミセス・サスクはとっておきの夏の帽子をかぶって甥とともにベリーセントエドマンズへ車で出かけ、古びた家はひっそりと静まり返った。ジョージとフィーベはまた庭へ出、陽光を浴びて寝転んだり読書をしたりした。ほとんど言葉は交わさなかった。やがてフィーベは中へ入りお茶をいれ、ジョージがトレイを外へ運んだ。ミセス・サスクでなければ切れないくらい薄く切ったきゅうりのサンドウィッチ、中国茶、そしてくるみのケーキ。

「今日のような日曜の午後が永遠に続くといいね」ジョージが言った。「教会へ行く前にビューティに散歩させてくるよ」

ジョージはフィーベを誘わなかったし、フィーベも行きたいとは言わなかった。しかし、けんかがおさまったのだから誘ってくれればいいのに、とフィーベは思った。ビューティと主人が出ていくとフィーベは夕食の準備をすませ、一日じゅう着ていた袖《そで》なしのコットンドレスを脱いでシャワーを浴びた。ジョージが戻り、自分の部屋に入る足音が聞こえたとき、フィーベはシルクのかわいいプリントのドレスを着て、麦わら帽をかぶっていた。鏡の中の自分を満足げに点検する。どこから見ても医師の妻だわ。玄関におりたときのジョージの目つきにも、フィーベはおおいに満足した。教会で説教を聞く間も、周囲の人々が感心したようにちらちらと見るので、気を散らさないでいるのが大変だった。

夕食後、ジョージは書斎に入り、フィーベはテーブルのあと片づけや洗い物をすませた。それから書斎のドアをノックし、おやすみの挨拶をして二階へあがった。

翌朝、待合室はいっぱいだった。フィーベは朝食のあと片づけもそこそこに白衣に着替えた。ジョージはすでに診察室に入っており、フィーベは患者のカルテを抜き出した。ミスター・マグズが咳《せ》きこんで、ひどい顔色をしている。ちょっぴりおびえているらしいのが気の毒だった。彼は独り者で世話をしてくれる身寄りがないのだ。一方、ミス・ストークスはリューマチが痛むのか、往診してくれないと困ると、だれかれかまわずぐちをこぼしていた。

「来られなくなったらいつでも往診しますよ」フィーベはそう言って安心させた。

居合わせた患者の間から、ありがたいことだというささやきがもれた。ジョージは村人から好かれているのだ。頼りになるし、親切だし、頭もいい。フィーベはそうほめる声を聞いて誇らしさに胸がいっぱいになった。

診察がはじまるとフィーベはミスター・マグズを一番に通した。待合室には切り傷やすり傷をつけた少年たち、母親につれられたふたりの少女、やけどした肉屋の女主人などが待っていた。最後の患者が診察室へ入ったのはほぼ二時間後だった。フィーベは雑誌を整理し、椅子をきちんと並べ、窓を開けた。それから二階に駆けあがってベッドを整え、買い物に走った。

ジョージが居間へ顔を出したとき、フィーベはいつものように落ち着いた顔で待っていた。

「きみと結婚する前は、いったいどうやってこれだけのことを片づけていたんだろう」ジョージは独特の静かな口調で語りかけた。「今朝のきみは実によくやってくれたね、フィーベ」ジョージはコーヒーのカップを手に、大きな椅子に座った。「あまり重荷になるようなら言ってほしいな。もしそうなら、看護師を雇って受付をやってもらうから」

「だめ!」その声があまりにもきつかったのでジョージはじっと妻を見つめた。フィーベは頬をピンクに染めた。「だって、わたしは働くのが好きだし、家事はミセス・サスクとスーザンがほとんどやってくれるし……」そして、思いきったように言い足した。「いまのままで、何も変えたくないの」

ジョージの表情はまったく変わらなかったが、フィーベは夫が怒った――いや、失望したのではないかと思った。しかしジョージがいつもの口調で、オランダから訪ねてくる母親の話をはじめたので、それは自分の思いすごしだったと考えた。

そのあと、ジョージとフィーベはあまり顔を合わせる機会がなかった。まるで村じゅうの人間が病気にかかるか、けがでもしたかのような一日だった。夕食がすんだあとも往診の依頼があったり、戻ってくるなりまた書斎の電話が鳴ったりした。そのとき、ジョージはドアを開けっぱなしにしていたので、フィーベは雑誌をぱらぱらめくりながら、夫がオランダ語でしゃべっているのを耳にしてしまった。フィーベはそれ以上そこにいて話の内容を聞きとろうとしたくなるのを恐れて、台所へ行った。ほんのひと言ふた言を聞きかじり、きっと悪いほうに考えてしまうだろう。

やがて居間へ戻ると、ジョージは医学雑誌を読んでおり、フィーベにほほ笑みかけたが、電話がだれからか言おうとしなかった。オランダの母か友人ならそう話すはずだ。きっとコリーナだったんだわ、とフィーベは考えた。

その週はそれから急に患者が減ったので、フィーベは診察室に出なかった。庭の果実をとってミセス・サスクにジャムにしてもらったり、花の手入れや銀器を磨いたりの日々が続いた。そんなある日、フィーベは踏み台に乗って居間のシャンデリアをふいていた。するとジョージが診察室から出てきた。

「もう終わったの?」フィーベが少しよろめくと、ジョージが踏み台を押さえた。

「ああ。出かける前に話をしないか。話しておかなくちゃならないことがあるんだ」踏み台がまたぐらついた。今度は、聞きたくないことを話すつもりではないかと、不意に恐怖がフィーベの心につきあげてきたせいだった。ジョージは手を貸してフィーベをおろすと、そのまま体に腕を回した。そのとき、玄関のドアが押し開けられ、旧式の差し錠がきしむ音が聞こえた。はっとして振り向くフィーベの目に、開け放った居間のドアから玄関が見えた。コリーナがこちらへ歩いてきた。

9

フィーベは腰に回ったジョージの手がこわばるのを感じた。「やあ、コリーナ、どうしてここへ?」そう言うジョージの声には、驚きもいら立ちも聞きとれなかった。

コリーナはジョージに飛びつくと両手を首にからめてキスをした。そしてまったく無頓着《むとんちやく》に「こんにちは、フィーベ」と言ってから、ふたたびジョージに注意を向けた。「カスパーには飽きがきたの。オランダへ送り帰してやったわ。で、あなたの家に来ることにきめたの……」そこから先はオランダ語になった。

ジョージはコリーナの手を首からほどいたものの、

おもしろそうに話を聞いている。コリーナがひと息ついたとき、ジョージは振り返ってフィーベを見た。

「二、三日、泊めてやっていいかい？」

フィーベの口はからからに乾いていた。「もちろんよ。また戻ってきてくれて、とてもうれしいわ」

それからよけいなことを言ってしまった。「好きなだけいてもらってね」

ジョージの引き結んだ唇がかすかに震えた。「ここへはどうやって？」とコリーナにたずねた。

「列車とタクシーで。タクシーはまだ外で待ってるわ」

ジョージが荷物をとりに出ると、後ろからコリーナが声をかけた。「お願いだから料金を払っておいてね、ジョージ」そしてフィーベに向き直った。

「びっくりさせたかしら？　そんなことないわね。わたしがそう簡単にあきらめないことは察しがついていたでしょうから」

フィーベはコリーナの顔に平手打ちを浴びせたくなった。「二階へあがってちょうだい。ところで服は買ったの？　残念だけどここでは宝の持ち腐れね。ここの住人はちょっぴり古風だから」

コリーナは階段を上りながらくすくす笑った。

「あら、ジョージは違うわ。まだ気づいてないの？」

フィーベはこれを無視してコリーナがこの間使っていた部屋のドアを開けた。「ひと休みしたら階下《した》へいらして。コーヒーをいれるから」

フィーベが玄関におりると、ジョージが高価そうな荷物にとり囲まれていた。

「びっくりしたね」彼は平静な声で言った。

「わたしはね。でもあなたは違うでしょう」

ジョージの顔が無表情になった。「どういうことか説明してくれるかい？」

「この前、オランダ語で電話してたでしょう。だれからか言わなかったわね。いま、わかったわ」

フィーベは、厳しい顔になったジョージの脇《わき》をすり抜けて台所へ行った。

ミセス・サスクは事情を知って舌打ちした。「ラムチョップがもっといりますね。豆も足りないわ」「コーヒーを飲んだら買い物に行くわ」フィーベは言った。「先生も今朝は暇だから、コリーナも退屈しないでしょう」

その辛辣《しんらつ》な口調にミセス・サスクはまじまじとフィーベを見つめた。「スーザンをやりましょう」

「いいえ、わたしが行くわ」フィーベはトレイを持って居間へ入り、窓際のテーブルに置いた。ジョージはビューティを従えて庭に出ていた。フィーベが玄関へ出るとコリーナの声がした。

「ジョージにわたしのバッグを持ってきてと言ってくれない？　お化粧を直したいのよ、フィーベ」

「彼は庭に出てるわ。荷物は玄関にあるから自分で取りに来たら？　すぐコーヒーにするから、あまり遅くならないでね」フィーベはそっとつけ加えた。「お化粧なんてどうでもいいでしょう。ここにはわたしたちしかいないんだから」

コリーナのいら立たしげな足音を無視してフィーベは居間に戻った。「無作法な振る舞いだけど、少しも後悔してないわ」とつぶやいて、ジョージの先祖の肖像画を眺めた。肖像画はジョージに似た青い目でフィーベを見返し、一瞬、ウインクしたように思えた。はっとしたとたん、ジョージが入ってきた。

「もうすぐコリーナがおりてくるから、待つ？」フィーベは言った。

ジョージは妻を見た。その目に浮かぶ氷のような怒りに、フィーベの胸は冷えきった。「そういうことなら待とう」

「村へ出かけていいかしら。ラムチョップや、買っておきたいものがあるの。コリーナがおりてくるまでには戻るわ」

フィーベには急いで戻るつもりなどなかった。必要な買い物をすませると骨董《こっとう》品店をのぞいた。そこにはしゃれたフット・スツールがあった。主人のミスター・ブリッグスに手を振って、フィーベは店の前を離れた。誕生日が目の前に迫っている。これまでは身寄りがなく、誕生日といっても特別の意味があるわけではなかった。ジョージもフィーベの誕生日がいつか知らないはずだ。しかしフィーベは夫の誕生日を知っていた。義母から聞いたのだ。フィーベは無性にミセス・プリチャードに会いたくなった。

フィーベは買ってきたものを台所に置くと居間へ入り、遅くなった詫《わ》びを言ってコーヒーを飲んだ。

コリーナがジョージに話しかけた。「朝から晩まで忙しいわけじゃないでしょう。それにわたしはお客なのよ、もてなす義務があるわ」コリーナは愛らしい目を大きく見開いた。「昔はよくもてなしてくれたじゃないの」

「そうだったかな？　覚えてないよ」ジョージは立ちあがった。「失礼するよ。昼食には戻るからね、フィーベ」彼はフィーベの頬にキスして出ていった。

ふたりの女性があとに残った。「何か予定でもあって？」フィーベはたずねた。

「ご心配なく」コリーナはにやりと笑った。「わたし……なんと言うのかしら……家族の一員になるつもりだから」

そのあとはフィーベにとって悪夢の一日だった。コリーナはやかましく服や化粧のことをしゃべり立て、口を休めるのはジョージが戻ってくるときだけだった。フィーベはコリーナの部屋をのぞき、その荷物からどうやら長い滞在になりそうだとため息をついた。まだ着いたばかりで、いつまでいるかとたずねるのはためらわれた。あとでジョージにきいてみよう、とフィーベは考えた。

だがその夜、夕食がすむとジョージは調べ物があると言って書斎に閉じこもった。やがて十一時になったのでフィーベはそろそろやすもうとコリーナに言った。コリーナはしぶしぶ承知し、ふたりは二階へあがり、口先だけで「おやすみなさい」と言い合った。フィーベはベッドの中で耳を澄ましていた。やがてジョージの足音が自分の部屋に入っていったが、フィーベはなおしばらく眠れずにいた。古い家に特有のきしみや、外壁をこする枝の音が耳についた。

翌朝は早く起き出し、ミセス・サスクより先に台所へ入ってお茶をいれた。

コリーナは朝食に現れなかった。ミセス・サスクは食卓を片づけながら言った。「お嬢さんの朝食を運びますか？　スーザンは十時まで来ないし、わたしは昼の支度もありますので……」

「運ばなくていいわ」フィーベはきっぱりと言った。「朝食の時間は教えておいたんだし、あとは診察後のコーヒーしかないってこともね」

待合室がこんでいたのでフィーベはカルテを出しに行った。すでにジョージが何人分かを出していたが、それでもかなりの分をフィーベが探した。机に持っていくと、ジョージは礼を言った。うわべはていねいだが冷ややかさが感じられ、フィーベは不安とみじめさを味わった。

仕方ないわ、と思いながらフィーベは待合室に戻った。コリーナがいなくなったら、ジョージときちんと話をつけよう。前のようにジョージを愛し、感情を隠してなんとかやっていけるだろう。でもいまはだめ――あのコリーナが同じ屋根の下にいるかぎりは。フィーベは最後の患者のカルテを出すと家へ戻った。コリーナがぶらぶらしていた。

「朝食がまだなのよ」コリーナは不満を吐き出した。「それなのにあの家政婦ったら、コーヒーの時間まで待てって言うのよ。てっきり、ベッドまで朝食を持ってきてくれると思ってたのに」

「それはあなたが悪いわ」フィーベは厳しい調子で言った。「ミセス・サスクはただでさえ朝は忙しいのよ。わたしだって診察の手伝いをしてるの。朝食におりてこられないのなら、悪いけどコーヒーの時間まで待ってもらうしかないわね」

コリーナは目を大きく見開いた。「フィーベったらどうしてそんなに意地悪なの！　わたしにいてもらいたくないみたいじゃないの」

「あなたを招待した覚えはないわ」フィーベは言い捨てると二階へあがってベッドを整えた。

おりてくると、ジョージは居間で往診のメモをしており、コリーナはテーブルの端にちょこんと座って足をぶらぶらさせていた。フィーベが中へ入ると、コリーナは勝ち誇ったような目で見た。いままでわたしのことをしゃべっていたんだわ、とフィーベは思った。コリーナは甘えたような声で言った。

「ねえ、ジョージ。フィーベってずいぶん意地悪よね。わたしにいてほしくないんですって。招待した覚えはないって言うのよ……」

ジョージはちらりと顔をあげた。「その話はもう聞いた。フィーベがもしそんなことを言ったとしても本気じゃないんだ。ぼくの妻は客に無礼なことをしたためしはない」声がこわばった。「何かの拍子にそんなふうに受けとられたとすれば、フィーベはきっとあやまるはずだ」

フィーベはじっと立ち尽くして夫を見た。フィーベもそれしかないと考えた。そして、まったく感情のない声で言った。「悪かったわ……無作法なことを言ったつもりはなかったの。でもコリーナもわかってくれるでしょうけど、朝食を運ぶのは無理なの。もしわたしが、診察を手伝わないでいいのなら、運んであげてもいいけど。ジョージしだいだわ」

フィーベは夫をじっと見た。突然、落ち着いたその顔の陰で自分のことを笑っているのではないかという、途方もない考えが浮かんだ。

「コリーナはきっと、わが家のあわただしい朝に合わせてくれるさ」そして穏やかに言った。「コーヒーは？」

まるで少しも迷惑じゃないみたい。フィーベはコーヒーカップを渡しながら、夫に何かを投げつけてやりたくなった。そしてコリーナには満足したような笑顔を見せた。

それから数日は不安な休戦状態のうちにすぎた。コリーナはそれ以上、我を張ろうとはしなかったが、ことあるごとにフィーベをちくちくといびるのだった。こばかにしたような微笑を浮かべては食事に文句をつけ、夜はよく眠れない、庭は暑すぎる、散歩は退屈だ、読書も疲れるなどといやみを言い続けた。フィーベは適当にあしらい、オランダへ帰ればもっと楽しい毎日になるだろうと言いたいのをこらえた。

一週間近い日々がすぎたが、コリーナはまだ帰ると言いださない。その間、フィーベとジョージはふたりきりになる機会がなかった。唯一ふたりきりと言えば朝食のときだけだが、ジョージは新聞に目を通し、手帳で往診や約束の時間を確認するのに忙しく、フィーベとしては天候や世間話でお茶をにごすしかなかった。いまやジョージは別人のようだった。愛想のよさや親しみの感じられる気安さはすっかり影をひそめている。冷ややかに、しかし礼儀正しく応対はするものの、フィーベはつらかった。たとえ三十分でもゆっくり話し合うことができれば……しかしコリーナがいつもふたりの間にいた。そしてジョージが外出するたびに連れていってほしいとせがみ、拒否されるとかわいい口をとがらすのだった。

「そんなにいやならもう二度と頼まないわ。その代わり、どこか楽しいところに連れていって。土曜は休診日でしょう。ケンブリッジへ行きたいわ。オイスター・タヴァーンっていうレストランがあるの。ショッピングして、食事して、踊りましょうよ」

お茶のあと、一同は庭に座っていた。診察まで一時間あった。ジョージとコリーナはぼんやりと寝そべり、フィーベひとりが復讐《ふくしゅう》の女神のような様子で編み物をしている。

「どう思う、フィーベ?」なにげない口調で言いながら、ジョージは妻を見すえている。

いち早くコリーナが口を出した。「フィーベは家にひとりでいるのがいいと言うわよ」

ジョージはそれには耳も貸さなかった。「どう思う?」

「楽しそうね……近ごろは外出もしてないし」

コリーナはジョージをまっすぐ見た。「フィーベの相手をしてくれそうな人はいるの?」

ジョージの口がゆがんだ。「すぐには見つからないだろうな。友人はみな夫婦者だから」

「それなら行くのはやめるわ」コリーナは不機嫌そうに言った。

「いや、行こう。ケンブリッジはきみの気に入るはずだ。きれいな建物がある。大学のね」

コリーナはオランダ語で何か言って立ちあがった。「暑いわ。中に入るわよ」そしてなおもオランダ語で何か言った。

「いいや」ジョージは言った。「ぼくはここで充分に快適だ」

ジョージが目を閉じると、コリーナは走るように去っていった。

「フィーベ」ジョージの声があまりに優しかったので、フィーベは編み物を置いて夫を見た。「フィーベ、いとしいフィーベ……」そのとき電話が鳴りだした。「くそっ!」

ジョージが電話の応対に行くと、フィーベは編み物をとりあげて編み進めたが、心の中ではジョージが〝いとしいフィーベ〟と呼んだことを考えていた。口がすべっただけかしら？　わたしの機嫌をとって土曜日は留守番をさせるつもりなのかしら？　ジョージが戻ってきたら探り出そう。

しかしジョージは戻ってくるとすぐ、ペイク農場に行くと言う。「ミセス・ペイクが血栓でね。夕食は先にすませてくれ。病院へ送っていかなくちゃならないんだ。患者が来たら出直すように伝えてくれ」

彼は振り向きもせずに出ていった。

戻ってきたときは九時を回っていた。待合室には徹夜してでも診てもらおうと、患者が何人か待っていた。すっかり診察が終わったのはさらに三十分ほどたってからだった。フィーベは夫にウイスキーを渡してから台所へ行き、スープ鍋《なべ》を持ってきた。ミセス・サスクがコールドビーフ、皮ごとゆでたポテト、サラダを運んだ。コリーナは夕方ずっと不機嫌だったが、食卓のジョージのそばへ座り、ぺちゃくちゃとしゃべりはじめた。

「かわいそうに。遊んで暮らせる身分なのに、どうしてこんなつらい仕事をするの？」

フィーベは目をそむけた。フィーベにはジョージの気持がわかっていた。どちらかを選べと言われれば彼は仕事をとり、財産は残らず投げ捨てるだろう。ジョージが不機嫌そうにつぶやくのを聞いて、フィーベは驚くどころか、おおいに満足を覚えた。

ジョージはくたくただった。落ち着いた顔には深いしわが何本も刻まれている。フィーベは静かにたずねた。「間に合ったの？」

ジョージはうなずいた。「それを願うね。ミセス・ペイクはひどく震えていた」

「朝になったら自転車で見てきましょうか？」

「そうしてくれるかい？　助かるよ。明日の昼ごろ、娘さんが来ることになっているんだ」

「診察のあと、すぐに出て、娘さんが来るまで待ってるわ」

ジョージはうなずき、コリーナの方を見た。コリーナはオランダ語で何か話しかけていた。

「いや、その心配はない。土曜は休めるだろう。アンドリューが引き受けてくれるだろうから」

いれたてのコーヒーを持ってミセス・サスクが入ってきた。フィーベは食卓を片づけた。あとのふたりは客間へ移った。フィーベがのぞくとジョージは椅子に座って午後の郵便に目を通し、コリーナはソファでぼんやりしていた。そろそろベッドに行くんじゃないかしら、とフィーベは期待した。

しかしコリーナはそこにとどまった。なぜか口数が少なく、話にも乗ってこない。やがてジョージが言った。「早めにやすむとするか」彼がおやすみと言って出ていくと、ほかのふたりもそれにならった。

朝の診察は忙しくなかった。フィーベは用を片づけると自転車で出かけた。ペイク農場までの三キロはずっと平坦《へいたん》な道だった。農場へ着くとフィーベはやってくる娘のためにベッドの準備をしたり、ミスター・ペイクに遅い朝食をつくって、奥さんは大丈夫だと安心させたりして、忙しくすごした。

わが家に戻るころにはすっかり疲れ果てていた。ミセス・ペイクの娘というのは感じのいい、品のある女性で、フィーベに礼を言いながらエプロンをつけた。「いろいろすみませんでした。先生もそのうちこちらへお越しくださるでしょう」

フィーベは帰る道々、コリーナはもう引きあげて、わが家にはいないのだと、ひとり妄想にふけったが、それはあくまで空想にすぎなかった。コリーナはまだいた。いつものように何をするでもなくソファに丸くなり、雑誌を散らかし、床には空になったコーヒーカップが置いてある。フィーベはカップを拾いあげ、おはようと声をかけてから台所へ行って、ミセス・サスクと昼食の相談をした。

朝食のときのジョージはいつもと変わらず静かだった。向かい合った席でトーストをちぎりながら、フィーベはジョージがもう一度〝いとしいフィーベ〟と呼んでくれることを願っていた。しかしジョージはペイク一家のことをちょっと口にしただけで、診察室へ入っていった。もうジョージの姿は見えない。午後からはベリーセントエドマンズの病院で約束があるのだ。話をする時間がないわ。フィーベはため息をついた。

ジョージは昼食に戻ってきたものの、食事がすむとふたたび出ていった。コリーナが不平を言うのには耳も貸さない。

「何もすることがなくて退屈だわ。フィーベは車を持ってないし、運転だってできないんだもの」コリーナはすねたように言った。

「フィーベは運転を習う時間がなかったんだ」ジョージが正しく指摘した。「自転車じゃだめかい？」

コリーナは肩をすくめた。「こんなに暑いのに？ だいいち、どこへ行けばいいの？」

「夕方の診察までには帰る」と言い置いてジョージは出ていった。

その日の午後は永遠に続くかのようだった。フィーベは神に感謝した。待合室がこんだので、夕食の時間まで忙しく働くことができたのだ。

意外にも、翌日の朝食にコリーナがおりてきた。袖なしのシルクのドレスとジャケット——すでにケンブリッジへ繰り出す身支度が整っている。ジャケットをとれば、踊りや夕食には実にふさわしいドレスだった。フィーベはまだコットンのドレスを着ていたが、コリーナよりいい服はないかと、頭の中でクロゼットを調べてみた。

「十時に出かけよう」ジョージはそう言って書斎へ入った。コリーナは居間の椅子に慎重に腰をおろし、フィーベは食卓を片づけてから着替えに二階へあがった。

服はたくさんあったが、フィーベはその中から淡いブルーのクレープを選んだ。あっさりしているがとてもシックだ。髪を整え、化粧を直し、ドレスに合うブルーのカシミヤのジャケットを手に一階へおりていった。ちょうどジョージが書斎から出てきたところだった。

ジョージは何も言わなかったが、つかつかと近づき、素早くキスをした。そして、やはり無言で玄関のドアを開けた。フィーベはキスされてちょっぴり気分が浮き立ち、ミセス・サスクとスーザンに声をかけてから外へ出た。コリーナが後ろに座ると期待するのは無理だった。すでにジョージの横に陣取っている。

ウールピットを八キロほど離れたころ、車は大通りを快調に走っていた。突然、車内電話が鳴った。

ジョージはスピードを落として受話器をとると、車を完全にとめて聞き入った。「すぐ行く」ジョージは車の向きを変え、いっそうスピードをあげて走りだした。

「どうしたの?」コリーナが厳しい口調で言った。「ケンブリッジへ行くのよ、約束でしょう!」

ジョージはコリーナを無視して肩越しに言った。「アンドリューからだ。赤ん坊の往診に行って戻れないらしい。アークライトの息子ふたりとビグスの末っ子とトレイシーが、きんぐさりの種を食べたんだ。トレイシーの母親が見つけたそうだ」

ジョージは返事を期待しているわけでなく、フィーべも、診察かばんが車に積んであってよかったと思いながら、黙っていた。

沈黙を破ったのはコリーナだった。「ジョージ、ケンブリッジに行きたいわ。戻る必要はないでしょう、今日は休みなんだし……」

車はウールピットの大通りを走っていた。ジョージは無言で、村のはずれに立ち並ぶ家の前に車をとめ、かばんを持って車を降りた。いちばん端の家のドアが開いており、外に何人かの女性が集まっていた。ジョージはそのそばをすり抜けて中へ入った。フィーベも続いた。四人の苦しむ子供と三人の母親が医師を待っていた。小さな部屋はジョージの巨体のせいで、いっそう狭苦しく見えた。子供たちはとり乱した母親に抱かれて横たわっている。ジョージはトレイシーの上にかがみこんだ。「かばんから注射器を、フィーベ」その声は落ち着いており、少しもあわてず、てきぱきとフィーベに指示を与えた。「それがすんだら電話だ。救急車を二台呼ぶんだ。もう連絡ずみなら、早くしろとせかしてくれ」

まだだれも連絡をとっていなかった。みんなうろたえていたのだ。ミセス・サスクが電話を受けて、アンドリューに連絡したのだった。フィーベは郵便局まで走ってドアをがんがん叩《たた》いた。そこへミセス・サスクが歩いてくるのが目に入った。十曜日の朝で、村人の大部分はストウマーケットへ買い物に出ており、ミセス・プラットの食料品店も閉まっていた。

「電話を……」フィーベはドアが開くと息も絶え絶えに言った。

子供たちは半ば意識を失っていたが、ふたりの男の子は少しはましなようだった。だがトレイシーとビグスの末っ子ベニーは苦しそうだ。フィーベはジョージに言われたことをすませた。ミセス・リスクは台所で母親たちのためにお茶をいれたが、まだそれがすまないうちに救急車が到着した。

「ぼくはトレイシーとペニー・ビグスについていく」ジョージは言った。「きみはアークライトの兄弟についててくれ。母親たちも来たほうがいい」

子供たちを救急車に運ぶとジョージは母親たちを、

急《せ》き立て、自分も乗りこんだ。

フィーベも同じようにした。車からコリーナが怒ったようにジョージを呼んでいたが、それどころではなかった。

病院に着くと子供たちは運ばれ、フィーベはじっとジョージを待った。三十分ばかりすると、三人の母親を伴ってジョージが現れた。「さあ、帰ろう」と明るい声で言った。「子供たちは二、三日入院すれば帰れるさ。タクシーをつかまえてくるよ」

だがその必要はなかった。ミスター・プラットがジョージの車で病院に来ていた。「ミセス・サスクにあとを追いかけてと言われたもので。よかったんでしょうか……」

「いや、助かったよ。少々窮屈だが、なんとかなるだろう。お母さん方は後ろへ、フィーベは前だ」

確かに窮屈だったが、だれも文句は言わなかった。

ジョージは途中でミスター・プラットと三人の母親を降ろし、まっすぐわが家へ向かった。

家に入ると同時に二階からコリーナが駆けおりてきた。「これ以上こんなところにいるつもりはないわ！」コリーナは金切り声をあげた。「まあ、フィーベ、なんてきたないんでしょう、そのドレス。近寄らないで！　なんという野蛮な生活……」コリーナはフィーベの肩に手をかけているジョージに食ってかかった。「二度とその顔を見たくないわ！　あなたとフィーベの仲を裂いてやればおもしろいだろうと思ったのよ。でもいいわ、フィーベを大事にすればいいのよ。荷物をおろしてよ、タクシーが来るんだから」そしてフィーベをにらみつけた。「胸が悪くなるようなにおいだわ！」

ジョージは声をあげて笑い、赤くなっているフィーベの頬にキスした。「さあ、着替えておいで。ぼくは客人が立ちのくのを見張ってるから」

コリーナがはっと息をのむのをしり目に、フィーべは二階へあがった。ミセス・サスクが風呂の用意をしてくれていた。「そのドレスはこちらへ、もうだめですね、捨てるしかありませんわ……子供たちは大丈夫なんでしょうね？」

「もちろんよ」フィーベは引きちぎるようにドレスを脱いだ。「コリーナは本当に出ていくのかしら？荷造りはしたの？」

「ええ、ええ、奥さま、あの方はわたしにタクシーまで呼ばせたんですよ。帰ると言ってました。二度と来るものかってね」ミセス・サスクは寝室を出ると、浴室のドアから顔を出し、浴槽につかっているフィーベに声をかけた。「先生の服もお出ししましょうか？」

「お願いね、ミセス・サスク。わたしと同じくらいきたないから。それと、食事は大丈夫かしら？外出することになっていたけど、何か簡単なもの……サンドウィッチでも？」

「まかせてくださいな、奥さま」ミセス・サスクはいそいそと去っていった。

フィーベは生き返った思いで浴室を出ると、洗い立ての髪を肩にたらしたまま、袖なしのドレスを着、サンダルをはいて階下へおりた。コリーナはもういないだろう。ジョージは自分の部屋かしら？居間にはだれもいない。食堂にも、客間にも人の姿はなかった。一瞬、フィーベは玄関に立ちすくんだ。まさかジョージはコリーナをどこまでか知らないが送っていったのではないだろうか。フィーベはゆっくりと玄関のドアを開け、外をのぞいた。車はなかった。「ジョージ！」小さな悲鳴がもれた。

ジョージの腕がフィーベを包んだ。「まだぼくを信じてないのかい？」優しくたずねながら、ジョージはフィーベを自分の方へ向き直らせた。

「ええ……いえ、あの、コリーナはどこ？」フィーベはジョージを見あげた。

「行ってしまった。どこへかはきくのを忘れた」そして優しくつけ足した。「女というのは、男に愛されれば自然にわかるものだと思っていたが、どうやらきみはこの原則にあてはまらないらしいね」

「だって、わたしは愛されたことがないんだもの」突然涙があふれた。「ジョージ、あんなことを言うつもりはなかったのよ」

「しかし、言わずにはいられなかった。ぼくらはずっといい友だちでいられると思ったんだが……もう終わりだ」

「終わりって?」

「友だち同士のふりをするのを終わりにするんだ。もともと、ぼくはひと目会ったときからきみに恋をしていたんだからね」

フィーべの胸が高鳴った。「でも、一度も言ってくれなかったわ……」

「そんなことを言えば、きみは逃げ出したろう」ジョージはフィーべにキスした。「いとしいフィーべ」

待ちこがれていた言葉を聞いて、全身がぞくぞくと震えた。「コリーナのことは?」

「コリーナとは昔からの知り合いだ。あまり好きじゃなかったが、家族ぐるみのつき合いでね。母の家にコリーナが現れたとき、きみにやきもちをやかせてやろうと思いついたのさ」

「確かにやきもちをやいたわ。カスパーと急にここへやってきて、またあんなふうに戻ってきて……それにあの電話……」

「コリーナなんか眼中にないよ。あの電話は祖母だったんだが、きみがコリーナだときめつけたから腹が立って、いままで黙ってたのさ」

ぎゅっと抱き締められてフィーべは息がとまりそうだった。

「ダーリン、ぼくらは幸せになれる。子供をたくさんつくるんだ。そんな生活は退屈だと思うかい?」

「退屈？　ジョージ、あなたがいれば退屈なんてことはありえないわ」フィーベは幸せな未来を心に描きながら、ジョージにそっとキスした。ジョージはキスを返した――情熱に満ちたキスを。

ミセス・サスクはちょうどコーヒーのトレイを持って現れたが、ぴたりと足をとめると静かに台所へ戻った。スーザンの不思議そうな顔を見て、ミセス・サスクはうれしそうに言った。「コーヒーはいらないわ、ほかのことで頭がいっぱいなのよ。玄関に行っちゃだめよ、わたしがいいと言うまではね」

スーザンはポテトの皮をむいていた。「きっと愛を確かめ合ってるのね」

「そういうことね」ミセス・サスクは満面に笑みをたたえた。「それも熱烈にね」

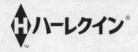

ハーレクイン・ロマンス　1986年6月刊（R-469）

夏の気配

2024年7月20日発行

著　　者	ベティ・ニールズ
訳　　者	宮地　謙（みやじ　けん）
発 行 人	鈴木幸辰
発 行 所	株式会社ハーパーコリンズ・ジャパン 東京都千代田区大手町 1-5-1 電話 04-2951-2000（注文） 0570-008091（読者サービス係）
印刷・製本	大日本印刷株式会社 東京都新宿区市谷加賀町 1-1-1

ISBN978-4-596-63704-8 C0297

7月26日発売　ハーレクイン・シリーズ 8月5日刊

ハーレクイン・ロマンス　愛の激しさを知る

コウノトリが来ない結婚	ダニー・コリンズ／久保奈緒実 訳	R-3893
ホテル王と秘密のメイド《純潔のシンデレラ》	ハイディ・ライス／加納亜依 訳	R-3894
ときめきの丘で《伝説の名作選》	ベティ・ニールズ／駒月雅子 訳	R-3895
脅迫された花嫁《伝説の名作選》	ジャクリーン・バード／漆原　麗 訳	R-3896

ハーレクイン・イマージュ　ピュアな思いに満たされる

愛し子がつなぐ再会愛	ルイーザ・ジョージ／神鳥奈穂子 訳	I-2813
絆のプリンセス《至福の名作選》	メリッサ・マクローン／山野紗織 訳	I-2814

ハーレクイン・マスターピース　世界に愛された作家たち ～永久不滅の銘作コレクション～

心まで奪われて《特選ペニー・ジョーダン》	ペニー・ジョーダン／茅野久枝 訳	MP-99

ハーレクイン・ヒストリカル・スペシャル　華やかなりし時代へ誘う

ハイランダーの秘密の跡継ぎ	ジェニーン・エングラート／琴葉かいら 訳	PHS-332
伯爵に拾われた娘	ヘレン・ディクソン／杉本ユミ 訳	PHS-333

ハーレクイン・プレゼンツ作家シリーズ別冊　魅惑のテーマが光る極上セレクション

炎のメモリー	シャロン・サラ／小川孝江 訳	PB-390

※予告なく発売日・刊行タイトルが変更になる場合がございます。ご了承ください。